女嫌いなはずのカリスマ王太子が、元ヤン転生令嬢の私に執着溺愛してきます！

藍井 恵

✦

Illustration
ウエハラ蜂

gabriella books

女嫌いなはずのカリスマ王太子が、元ヤン転生令嬢の私に執着溺愛してきます！

contents

プロローグ

――早く、早く総長に伝えないと！

女暴走族《レディース》『姫女帝国《きじょていこく》』副総長の有紗《ありさ》は、そんな焦る気持ちを抱え、走り慣れない山道をバイクで飛ばしていた。『姫女帝国』結成五周年記念レーシングの予定がどこからか警察に漏れていたようで、パトカー六台が一斉に出動するのを見かけたからだ。

そのとき、急に向こうから車が現れ、避けようとハンドルを切る。だが、その先にあったのはガードレールで、有紗は夕暮れの空に放り出された。

特攻服をひらめかせて落下していく。背には『走死走愛《そうしそうあい》』という文字が縫われていた。有紗自身が、いつか相思相愛のバイク乗りとともにツーリングしたい、という願いを込めて刺繍《ししゅう》したものだ。

――相思相愛どころか片思いもしたことないのに……私、死ぬのー⁉

十七年の人生が走馬灯のように脳裡《のうり》を駆けめぐる中、有紗は心からこう願っていた。

――神様、もし本当にいるのなら、来世こそ幸せな家庭を築かせてください！

第一章　恋に落ちたツンデレ王子

アネットは没落した子爵家の令嬢だ。

それなのに今、きらびやかな舞踏広間で、王太子に微笑《ほほえ》みかけられている。

これだけでも、ありえないことだが、アネットがありえないと思っている理由は、ほかにもある。

――前世、女暴走族《レディース》の副総長だった私が、どうしてこんなことに⁉

そのとき、異母妹クロエと目が合い、気持ちが一気に冷え込んだ。

――クロエを見ると、あの辛かった日々をどうしても思い出してしまう……。


四年前、アネットが十四歳のとき、グランジュ子爵家当主である父親が亡くなると、義母ドロテが豹変《ひょうへん》した。

アネットは使用人の部屋に移され、食事の時間に呼ばれなくなる。しばらくは乳母のポリーヌがこっそり食事を持ってきてくれたが、それがばれると、ポリーヌが子爵邸から追い出された。

以後、アネットは夜、誰もいない厨房《ちゅうぼう》で残り物をあさっては飢えをしのぐような暮らしになった。

そんなある夜、いつものように残り物を籠に入れていると、蠟燭《ろうそく》の光が近づいてきた。

アネットが身構えると、異母妹クロエが現れる。

まだ十二歳だというのに、こんな夜中にひとりでうろうろするなんて大丈夫だろうかと心配になり、つい声をかけた。

『クロエ、侍女は？　夜中にひとりで歩き回ったら危ないわよ』

すると、クロエが笑った。灯《あか》りで下から照らされたその顔には、見たことがないくらい残酷な笑みが浮かんでいた。

『今も姉きどり？　相変わらず鈍感ね。使用人以下に成り下がったのに、まだわかってないなんて』

クロエの顔には幼さが残っている。その彼女に蔑《さげす》まれるなどと思ってもいなかった。アネットは反論することもできず、ただただ呆然《ぼうぜん》としていた。

アネットが前世を思い出したのは、そんな日々が二年過ぎ、納屋に閉じ込められたときのことだ。

母親の形見のネックレスを義母ドロテに取り上げられ、これだけは持っていかないでと懇願したら、彼女が烈火のごとく怒り出した。

「誰のおかげで暮らせているると思っているの！　納屋で反省しなさい！」

義母はそう吐き捨て、使用人の男たちに命じて十六歳のアネットを納屋に押し込み、施錠させた。

「出して！　出してください！　いい子になりますから……お願いです！」

泣きながら戸を叩《たた》くと、外からクロエの声が漏れ聞こえてくる。

「いい気味」

喜色を含んだ声だった。

――どうして……どうしてこんなに私を憎むの？

さっき、アネットは義母に向かって、いい子になりますからと謝罪したが、実のところ悪いことなど何もしていない。

育ててやっているのだから、実母の形見だとしても献上して当たり前というのが義母の論理だが、アネットの場合、食べものも碌《ろく》に与えられていないのだ。

――それなのに謝らなければいけないなんて……惨めだわ。

そのとき、足もとの藁《わら》がカササと揺れたと思ったら、鼠《ねずみ》が飛び出してきて、アネットは悲鳴を上げた。

すると、外から高笑いが聞こえてくる。

「何が楽しいっていうのよ！」

気づいたら、そう叫んでいた。と、同時にアネットの瞳から涙が噴き出した。今までずっと黙って耐え忍んできたが、もう限界だ。

そのとき、アネットの頭の中で、知らない女性の声が響く。

【やられっぱなしでいいんか？　そんな人生でいいんか？】

聞いたことのない言語なのに、内容が直接、頭に響いてくるようだ。

「いいわけがありません！」

アネットは声に出して答えていた。

【それでこそ『姫女帝国』の副総長だ】

——総長！

そのとき、アネットの脳裡に、爆音とともに暗闇に浮かぶ光の群れが出現した。

前世のアネットは、『回し蹴りの有紗』と呼ばれるぐらいケンカが強く、女暴走族《レディース》『姫女帝国』の副総長で、先頭を走る総長、弓香《ゆみか》の後ろはいつだって、有紗の定位置だった。

暗い道をヘッドライトで照らし、速度を上げるたびに高鳴るバイク音を聴きながら、風を切って走れば、丈の長い特攻服がたなびく。

——最高に気持ちよかった。

それなのに、今の自分はどうだ？　ウエストを細く締めつけ、重いドレスでちまちま歩くあの母娘にやられっぱなしである。

「総長、私、負けません！『姫女帝国』の名にかけて！」

——そうだ！　私、死ぬ間際、来世こそ幸せになるって決めたんだった！

バキィッと、アネットは気づいたら戸を蹴破っていた。いくら施錠しようが、扉自体がもろければ意味がない。

義母とクロエは、まだそこにいた。アネットが苦しんだり嘆願したりする声が聞きたかったのだろう。母娘の目は見開かれており、瞳には驚きだけでなく恐怖も映し出されている。

だが、アネットの視線はこの母娘ではなく、ふたりの背後の茜色《あかねいろ》の空に向かっていた。

——私が死んだときも、こんなふうに空は燃えるように赤かった。

アネットが生まれ変わるのにふさわしい日だ。

——もう負けない。

アネットは義母を睨《にら》みつけ、拳《こぶし》を握ってファイティングポーズを取る。

「母の形見を返しなさい」

強い語調で言われ、義母がおそるおそるネックレスを差し出してきた。

アネットは奪うように取り返す。

義母はクロエと目を見合わせると、娘の手を引いて後ずさる。アネットと一定の距離が開くと、ふたりそろって駆け出した。貴族が走るなんて滅多《めった》にないことだ。

——私が強気になったとたん、これだ。

その足でアネットは自室へと向かう。小さく見栄えのよくない部屋だが、地面に藁をかぶせただけの納屋よりずっといい。机に向かい、手鏡で顔を見る。

見慣れた顔なのに、前世を思い出したばかりのアネットには違和感があった。

アネットの目は大きく、瞳は新緑のような鮮烈な緑で、そこにかかる鳶色《とびいろ》の睫毛《まつげ》は長く、目を開ければ睫毛が上向きにくるんと上がって華やかさが増す。鼻はそんなに高くなく、桜色の唇はぽってりとして小さい。

――すっごく可愛《かわい》い。

だが、こんな顔では義母に舐《な》められるのも当然だ。

アネットは、机の引き出しから化粧品の入った木箱を取り出す。乳母のポリーヌが邸を追われるとき餞別《せんべつ》としてくれたものだ。

――母親代わりに愛してくれる人が、今世《こんぜ》の私にはいたのよね……。

アネットは前世では孤児だった。今世でも産褥《さんじょく》で母を亡くし、十四のときに父も他界したが、ポリーヌは、実母のように自分を愛してくれた――。

感傷を振り切るように、アネットは眉墨《まゆずみ》を取り出す。ポリーヌが選んでくれた眉墨は、アネットの髪と同じ鳶色で、アネットは鼻の先がつんとしたが、涙をぐっとこらえて鏡を向き、アーチ型の眉の形を隠すように、釣り上がった太い一本線を引く。

――意志が強そうでいい感じ。

その眉墨で目尻にアイラインを引き、少し垂れた目をぐいっと釣り目に変えた。かなり凛々《りり》しくなって、これなら童顔に見えない。

――あとは、このピュアすぎる唇をどうにかしなきゃ。

口紅の入った円型のブリキ容器を開け、その蓋を使って紅《べに》と眉墨を混ぜ、ワインレッド色を作った。可愛いと真逆の色だ。唇を大きく見せるために、左右に広げるように筆で塗った。

すると、鏡の中に、ケンカの強そうな女性の顔が現れる。

──義母になんか負ける気しねえな！

アネットは机の上に鏡を立て、少し離れて腕を組んですごんでみる。かなり怖い。自然と笑いが止まらなくなった。

その笑い声を扉の向こうでクロエが聞いて怯《おび》えていたことなど、アネットは知る由もない。


以後、アネットは自室から出るときは必ず強気メイクで決め、義母とクロエ、異母弟のエクトルに恐れられるようになった。

グランジュ子爵位を襲爵《しゅうしゃく》する予定のエクトルはまだ八歳で、頼りになる年齢の男性がいない子爵家は貴族社会で忘れられた存在になりつつある。

アネットは家族の顔色をうかがうのをやめ、好きに生きることにした。

早死にの果てに手に入れた新しい人生だ。せっかく幸せになる機会を与えられたのだから、メソメソしている暇などない。

──そういえば私の夢って……！

前世の最後の記憶は、バイクとともに空中を落下しながら心でこう叫んだことだ。

『相思相愛どころか片思いもしたことないのに……私、死ぬのー⁉』

とはいえ、社交界デビューもしていないアネットに、異性と出逢《であ》う機会などなかった。だが、前世から今世にかけての夢なのだから妥協する気にはなれない。

そんな、考えても答えの出ない悩みで煮詰まったときは——乗馬だ。

前世でバイクを乗り回していたせいか、アネットは乗馬が得意だった。

以前なら、勝手に馬に乗ったら義母になんと言われるかと我慢したところだが、前世を思い出した今となっては、過去の自分がもどかしいぐらいだ。

厩舎《きゅうしゃ》には、父親がアネットのために飼っていた愛馬シャンタルがいて、今もアネットを覚えてくれているのだから——。

試しにシャンタルに乗って近場を散歩しても誰にも文句を言われなかったので、アネットは、それから毎日のように馬に乗って出かけた。

鳥の囀《さえず》りの中、一定の間隔でカッカカッと馬の足音が立つ。バイク音のようにテンション爆上げにはならないが、とてつもなく心が癒《いや》された。

夕方、馬に乗って自邸に戻れば、義母と異母弟妹が、畏怖《いふ》の眼差《まなざ》しを向けてくる。以前は、どうやってアネットをいじめてやろうかと、獰猛《どうもう》な顔をしていたのに、今や牙を抜かれた獣のようだ。

そんな彼らを見て、スカッとしていられたのは最初のうちだけだ。

アネットは孤独だった。

前世は孤児だったが、族《ゾク》の仲間がいた。でも今は本当にひとりぼっちだ。

お腹《なか》がすいて厨房に行くと、夕食を摂《と》っていた使用人たちが自分の食事を持って、そそくさと去っていく。こういうところは以前と変わらない。アネットに優しくすると、義母に怒られるからだ。

アネットは、厨房のテーブルに置いたままになっていたパンを手に取って自室に戻ると、小さなベッドの上でパンを齧《かじ》った。

気づけば、アネットの頬《ほお》には涙が伝っていた。


そんな暮らしが二年ほど続き、アネットは十八歳になっていた。もう結婚していてもおかしくない歳《とし》だが、結婚どころか社交界デビューもまだだ。

そのアネットが何をしていたかというと、ひたすら勉強していた。

勉強しようと思い立ったのは、前世を思い出してのことだ。

前世で中学三年生だったとき、アネットもとい有紗は、弓香に勧誘されて『姫女帝国』に入った。

施設でも学校でも疎外感を覚えていた有紗にとって、ようやくできた居場所だった。

実際、弓香の口癖は『族《ゾク》は家族のゾクだから、うちらはみんな家族だ』で、有紗のような行き場のない十代が集まっていた。

グループ名の『姫女帝国』さえ漢字で書けないアネットに、弓香は根気よく漢字を教えてくれた。

【漢字くらい書けねえと、男ともバイクとも『走死走愛《そうしそうあい》』になれねえぞ】

その言葉を聞いたとき、アネットは眼前に急に道が開けたような気がした。そして、読めるだけでなく、書けるようになりたいと心から思った。

だんだん、『仏恥義理《ぶっちぎり》』など、皆がよく特攻服に刺繍している難しい漢字も読めるようになり、模様としか思えなかった刺繍の意味が読み取れるようになったことに感動したものだ。

『愛羅武勇《あいらぶゆう》』が書けるようになったとき、『いつか好きな男の特攻服に、この言葉を刺繍してやりたいです』と弓香に言ったら、『相手も族の男じゃないとできねえな』と笑われた。

有紗が高校二年生になったとき、弓香は『姫女帝国』四代目総長となり、有紗を副総長に選んでくれた。ナンバー2として、恩人である彼女を支えることができたのが誇らしかった。新メンバーを勧誘したり、管理したりするのは、名前が読めるようになったからできることだ。

——守りたい人ができたときのために、知識という武器を持っておかないと。

そう思ってアネットは義母に家庭教師を頼んだのだが、金銭的理由で断られた。だが、そんなのは口実だ。異母妹のクロエは勉強だけでなく、礼儀作法や音楽、ダンスの教師までついている。

それでも、弁明するようになっただけ以前よりマシと言えよう。

仕方ないので、アネットは亡き父の書斎にある本棚から、小説や歴史書を引っ張り出してきて、辞書を引き引き読み進めている。

——この文、どういう意味なのか辞書を引いてもわからない。

師匠のいないアネットは、そういった文に突き当たったとき、しおり替わりの毛糸の紐《ひも》を挟むことしかできなかった。

いつか、教えてくれる人ができたとき、聞けるように――。

果たしてそんな日は来るのだろうか。

アネットが溜息《ためいき》をついたところで、外から声が聞こえてきた。窓から顔を出すと、眼下には豪華な馬車が停《と》まっている。

――そういえば、クロエ、十六歳になったんだわ。

貴族の子女が社交界デビューできる年齢だ。

案の定、着飾ったクロエが玄関から出てきて、馬車に乗り込んだ。

十八歳の姉が社交界デビューしていないのに、十六歳の異母妹がデビューするということは、つまり、そういうことだ。

――私を外に出す気はないということね……。

アネットは立ち上がり、机の上に立てている手鏡に向かって腰の位置を落とす丁寧なお辞儀をする。

父親が存命だった十四歳までは、アネットは礼儀作法やダンスを毎週、習っていたので、その所作は優雅さを失っていなかった。

くるりと回ってみたが、スカートがふわりと上がらない素材で、しかも華やかでもないので、さまにならない。胸もとに赤い糸で刺繍した『走死走愛』という文字だけが、心の支えだ。

アネットは刺繍の上に手を添えた。こうすれば何かパワーがもらえるような気がする。

――相手が貴族でなくたっていい。愛のある家庭が築けたらいい。

貴族の子女の結婚は家と家の結びつきで決まる。つまり、政略結婚だ。だが、社交界デビューすらしていないアネットなら、家とは無関係に恋愛結婚も可能なはずである。

――前世だって、愛さえあれば、お金なんかなくていいって思ってたし。

そのとき、どーんという遠雷のような音が聞こえてきて、アネットは窓外《そうがい》を見やる。

いつの間にか日は暮れ、薄闇の中に華々しく花火が上がっていた。貴族の令嬢たちが社交界デビューする日なので、それを祝して上がっているのだが、それを知らないアネットは祭だと勘違いする。

ヤンキーという生き物は往々にして祭を好むものだ。

――懐かしい……。

アネットは厩舎に向かった。愛馬シャンタルにまたがり、花火が上がっているほうへと駆けていく。

川の前の土手は、花火見物の人であふれかえっていた。

――みんな考えることは同じってことね。

あたりを見渡すと、枝ぶりのいい大きなクヌギがあった。

アネットは、クヌギの太い幹に手綱をくくりつけ、馬が逃げないようにして、木登りを始める。

――あの太い枝なら座れる。

太い枝の手前にある細い枝に手をかけ、一気に登ろうとしたとき、枝の付け根が折れた。

――えっ⁉

「また死ぬなんて！」

落下したその瞬間、茂った葉の中から大きな手が出てきて、手首をつかまれる。おかげで、アネットは、もう片方の手でほかの枝をつかむことができた。

「この高さじゃ死ねないよ」

笑いを含んだ男の声が聞こえてきて、アネットは見上げる。背後に花火が上がり、逆光で顔はよく見えないが、青年だった。

ぐいっとアネットは引き上げられ、彼の隣に座ることができた。片手で引き上げるなんてすごい腕力だ。

——まさか先客がいるなんて。

「また死ぬって……まるで一度死んだみたいな」

彼がそうつぶやいたが、前を向いたままだった。鼻が高くて睫毛が長い。

理由を知りたくて言ったようには聞こえなかったので、アネットは黙ったまま彼に合わせて前を向く。

そのとき、再び花火が上がる。遮《さえぎ》るものが何もなく、空に咲いた大きな花びらをどこも欠けることなく見ることができた。

「……きれい」

思わずそうつぶやいたアネットに、隣の青年が視線を向けてきていたのだが、アネットは『姫女帝国』の仲間たちと行った花火大会のことで頭をいっぱいにしていたので気づくわけもない。

ねじり鉢巻きでほかのチームと円陣を組んだり、土手に座ってタコ焼きを食べたりした。

——前世は家族がいなかったのに、寂しくなかった。

今世でも、生まれたときに母親を亡くし、顔は肖像画でしか見たことがない。父親は優しかったが、その父も十四歳のときに他界した。

父の死後、義母は急にアネットに辛く当たるようになった。

——今世は家族がいるのに……なぜこんなことに？

「どうした？」

そう問われたことで、アネットは自身の頬に涙が伝っていることに気づく。

「あ、ごめんなさい」

アネットは手で涙を拭う。貴族の子女だというのにハンカチーフも持ち合わせていなかった。

「謝ることはない。話してみたらどうだ？　楽になるかもしれないよ」

そう言われて初めて、アネットは愚痴る相手もいなかったことに気づく。暗くて顔はよくわからないが、声色は優しく落ち着いているし、発音は上流階級のものだ。

——今後、会うこともないだろうし……。

アネットは、ぽつりぽつりと身の上を語り出す。

「実は……四年前、父を亡くしてから、義母が豹変して……食べものも着るものも与えてもらえなくなったんです」

「なんだって？　ほかに頼れる親戚はいないのか？」

「それが、いなくて……そうよ！　だから、こんな扱いができるのよ」

今になって気づいた。人に話すことは大事だ。

「そういう足もとを見る輩《やから》というのはどこにでもいるものだ。誰がそういうやつなのかけ、立場が弱くならないとわからない。俺だってもし立場が変わったら……」

「ありがとう。なんだか救われたわ。自分に否がないって言ってもらえたようで」

「当たり前だろう？　いつだって否があるのは、いじめる側だよ」

きっぱりと言われ、アネットは目から鱗《うろこ》が落ちる思いがした。

「そうよね。そんな卑怯者《ひきょうもの》の家から早く出ないと！　私、手に職つけたいな。自分の力で生きていきたい！」

彼がアネットを見ている。だが、視界が悪いので、わかるのは顔の輪郭だけだ。

「そうか。だが、ひとりで頑張るのは辛いだろう」

いたわるような口調だったものだから、アネットはきゅっと胸が締めつけられた。人から優しくされたのはいつぶりだろうか。

「……今は……今はひとりで頑張るしかないけど、いずれ仲間を作って……いつかは温かい家庭を築きたいな、今度こそ」

「君なら、きっとできるよ」

励ましの言葉が心に染みる。顔も名も知らない人だが、初めて打ち明けた相手がこの人でよかったと、心から思った。

「ありがとう。おかげで私、これからどうやって生きていきたいのか、わかったわ」

「話すことで頭の中が整理できたなら……よかった」

青年が手を差し出してきたので、アネットは握り返し、握手——となったところで、花火が上がり、その光が彼の顔を照らす。

——嘘《うそ》……ものすごい美形！

まず印象的なのは、その瞳だ。ヒヤシンスのような少し紫がかった美しい青。黄金の長い睫毛が掛かっているせいか瞳はどこか憂いを纏《まと》って見える。高い鼻梁《びりょう》の下では整った唇がわずかに弧を描いていた。

教師とでも話しているようなつもりだったのが、予想外な顔立ちが現れ、アネットはあんぐりと口を開けたまま固まってしまう。

そのとき、「あの木の上じゃありませんか⁉」「どうりで見つからないと思った」と、男たちの声が下から聞こえてきて、アネットは我に返る。

「あなた、追われているの？」

「あ、ああ。まあ、そんなところかな」

こんな立派な人が犯罪で追われているとは思えない。何かよほどの事情があるのだろう。

「それなら私に任せて。話を聞いてくれたお礼よ」

「任せる？　何を？」

「私についてきて」

アネットは素早く地上に下り、木にくくっていた馬に飛び乗ると、縄をほどきながら顔を上げた。

「早く」

「馬に乗れと？」

戸惑うような声とともに、彼が飛び下りてくる。

思ったより背が高くて驚いた。馬に乗った状態で、相手の頭が腹の上あたりまであるということは、今までなかった。

その彼が当然といったふうにアネットの前にまたがろうとするではないか。

「ちょ、ちょっと、後ろに乗ってっていう意味よ。私の愛馬なんだから」

「むしろ君が後ろだろう？」

――この世界には女暴走族《レディース》がないんだった。

「女だから下手って思ったら大間違いよ。振り落とされないよう……」

アネットが話している途中で、男が「まずい、気づかれた」と、素早くアネットの後ろにまたがった。

アネットは急ぎ馬を走らせる。

「しっかりつかまって！」

すると、渋々という感じで、男が腹に手を回してくる。

だが、走っているうちに、彼がアネットにつかまる必要などなかったことに気づいた。彼は大腿で馬の背をしっかり挟んでいるようで、上体にぶれがない。この男は馬に乗り慣れている。

手を離しても戦えるぐらいに――。

アネットの腹のところで手は組まれているが、むしろアネットが落ちないようガードしてくれているようだ。

しかも彼の躰《からだ》はアネットより一周りも大きく、彼に包まれている感覚に、アネットの背にゾクゾクと今までにない快感がほとばしった。

――守られているみたい。

そんな感情を抱きながらも、アネットは馬を全速力で疾走させる。

それなのに、追手を振りきれない。

アネットが限界まで速度を上げても、騎馬の男たちが食いついてくる。その距離があまりに一定でぶれないところに余裕すら感じさせた。

――バイクだったら絶対に撒《ま》けたのに。

「私、結構、速さに自信があったんだけどな」

溜息まじりにつぶやくと、上から声が降ってくる。背の高いアネットには新鮮な感覚だ。

「ふたり乗りで、このていどの馬で、この速さはすごいが……今回ばかりは相手が悪い」

「相手？」

ついに進行方向にも回り込まれ、アネットは馬を止めた。

道の左右は林だ。

――林の中で、走りながら彼だけこっそり降ろせば？

「林の中を駆け抜けるから、途中で馬から飛び下りるのよ……できる？」

アネットは少し顔を後ろに向け、小声で尋ねた。

「いや。俺の場合、捕まっても、君のような目に遭ったりしないから、引き渡してくれていい」

「君の？」

「君が義母から受けたような仕打ちさ」

言いながら、男が素早く馬から降りたものだから、アネットは慌ててしまう。

それなのに、呑気にも彼がこんなことを尋ねてくる。

「俺はフェルナン。名前を教えてくれないか？」

「私はアネット……。それより、大丈夫なの？」

「アネット、君は逃げろ」

フェルナンが思いっきり馬の尻を叩いたものだから、馬が驚いて走り出す。

「な、何を！」

アネットが顔だけ振り向かせると、フェルナンが小さく左右に手を振っていた。

――なんなの、この余裕!?

アネットが見えなくなると、フェルナンはすぐに踵《きびす》を返した。馬上の男に目を向ける。

乳兄弟のバティストだ。

「今年も花火見物にいらしたのですね？」

「バティストこそ、今年も迎えに来てくれたんだな」

言いながら、フェルナンはバティストの横を通り過ぎ、ある騎馬の男の前で立ち止まった。

「愛馬《セブラン》を連れてきてくれたんだな」

「今すぐ降りますので、殿下、お乗りになってください」

庶民のような恰好《かっこう》をした近衛兵が降りるやいなや、フェルナンは馬に飛び乗った。

「俺はこれからすぐに、ここから離れる」

「王宮舞踏会にお戻りになるおつもりですか？」

バティストが意外そうに聞いてきた。

「今さら戻っても、すぐにお開きだろう？　急ぐのは別の理由だ。さっきの令嬢に見られないようにするため。彼女はおそらく、すぐに戻ってくる」

「れ、令嬢？　あの女性が何か？」

怪訝《けげん》そうにしているバティストを後目《しりめ》に、フェルナンは近衛兵全体に目配せする。

「ディオンとオレル、あとレイモン、今すぐ林の中に隠れてくれ。で、さっきの令嬢がここに戻ってきたら、ばれないように跡をつけるんだ。我が軍の精鋭にとっては、お安い御用だろう？」

「御意」

指名された近衛兵たちが同時に答え、林の中に突進していった。

「で、殿下……もしや、そのご令嬢を気に入られたのですか？」

バティストが青天《せいてん》の霹靂《へきれき》みたいな顔で問うてきたが、ここで本心を明かす気はない。

「何者か知りたいだけだ」と言い残し、フェルナンは馬を走らせた。


アネットが、フェルナンと別れた場所に引き返したときには、もう誰もいなくなっていた。狐《きつね》につままれたような気分だ。

——それにしても速かったわ。

アネットは昨年、男装して競馬の賞レースに出たら優勝したぐらいで、自分より速く馬を駆る者を見たことがなかった。

フェルナンは『相手が悪い』と言っていたが、確かに、彼らは只者《ただもの》ではない。

そんな騎馬集団に狙われるフェルナンは一体、何者なのだろうか。

そんなことに思いを巡らしながら帰宅し、部屋で鏡を見ると、頬に黒い線が伝っていた。

――やだ、泣いたから……アイラインが！

花火で照らされた瞬間、フェルナンが見たのは――この顔だ。

――終わった……。

アネットは吹っ切るように濡《ぬ》れた布で顔を拭った。

――何も始まってないから終わりもないわ！


アネットの予想に反し、フェルナンとの関わりは、今まさに始まろうとしていた。その舞台は、ここ、ルフォール王宮――。

王都の中心にある宮殿は空色の五階建てで、黄金の装飾に彩られ、美しさでも高さでも周囲を圧倒している。

巨大な宮殿の三階にある王太子の執務室で、フェルナンは書類に目を落としていた。

――グランジュ子爵家の令嬢アネット……彼女の身の上話は、この調書と一致している。

王太子フェルナンが手にしている書類は、アネットについての身上調査書だ。

父親であるグランジュ子爵は、アネットから聞いた通り四年前に亡くなっている。十八歳なのに、社交界デビューしていないのは、義母ドロテの嫌がらせというよりも、存在自体をもみ消されているように感じられた。

――四年もの間、この義母《おんな》に、アネットは虐待されてきたんだ。

フェルナンの眉は自《おの》ずと吊《つ》り上がっていく。

と、そのときアネットの姿が頭の中に浮かんだ。

『自分の力で生きていきたい！』

そう語ったときのアネットを思い出しただけで、切なさと甘酸っぱさで胸がいっぱいになる。

――まるで泥の中に咲く花のようだ。

フェルナンは、傍《そば》に控えるバティストのほうに目を遣《や》る。

「バティスト」

一声かけただけで、バティストが執務机の前まで飛んできた。

「殿下、何用でございましょう」

「妹《ソランジュ》は、新しい侍女を探していたよな？」

「はい。私も聞いております。歳の近い女性となると、すぐに結婚出産で抜けて……」

そこまで言いかけて、勘のいいバティストはハッとした表情になり、調査書に目を向ける。

「もしかして？」

「そこで、このアネットだ」

フェルナンは手にした書類を指先で弾いた。

「それで、だったんですね？」

バティストが急に腑《ふ》に落ちたように微笑んだ。

「それで、とは？」

「いえ。女性を調べるなんて珍しいことがあるものだと思ったのですが、なるほど、王女様のためだったのですね」

フェルナンは目を瞬《しばたた》かせた。

妹のことなど後付けだったからだ。だが、そういう理由にしておいたほうがことを進めやすい。

「ああ、そうだ。ソランジュは活発な侍女を好むからな」


王宮でそんなやり取りがあった翌日のこと――。

アネットは、きんきんきらきらのカピュソン男爵邸を見上げていた。

――黄金って盛ればいいってものじゃないわね。

せっかく黄金をふんだんに使っているというのに、装飾が拙《つたな》く、芸術性が感じられないため、却《かえ》って安っぽい印象になっていた。

だが、アネットをここに連れてきた義母ドロテには、そうは見えていないようだ。

「素敵なお邸でしょう？」

今日の義母は不自然なくらいニコニコしている。

――ドロテが私に笑顔を向けるなんて……いやな予感しかしないわ。

エントランスから太った中年――もとい、カピュソン男爵が現れた。

「アネット、ようこそ。私はガエル・ド・カピュソン。妻を三年前に亡くしてから寂しくてね」

いやな予感というのは往々にして的中するものだ。

――後妻《ごさい》募集中ってこと⁉

アネットが義母に疑いの目を投げかけると、彼女は視線をずらして男爵のほうを見た。

「カピュソン男爵、ごめんあそばせ。この娘《こ》は恥ずかしがり屋なものですから」

すると、カピュソン男爵が目尻に皺《しわ》を寄せ、腹を揺らして笑ったあと、回廊のほうに手を差し出す。

「こちらへどうぞ。中庭を見ながらお茶でもいかがでしょう？」

アネットが回廊に足を踏み入れると、いきなり恨めしそうな熊の顔が現れて、ぎょっとしてしまう。

回廊には動物の剥製《はくせい》が所狭しと並んでいた。

――こういうの……ちょっと無理……。

気持ち悪くなり、口をハンカチーフで押さえて歩いていると、男爵の視線を感じる。

「アネット嬢は、想像以上にお美しくていらっしゃる」

声をかけられたのはアネットなのに、ドロテが反応した。

「まあ。気に入っていただけてうれしいですわ。この娘《こ》、引っ込み思案で社交界デビューもまだなので、男爵のような余裕のある男性が合うと思いますの」

ドロテがアネットに耳打ちしてくる。

「もういい歳なんだから、いつまでもうちの厄介者では困るわ」

社交界デビューさせず、アネットから貴族令息と出逢うチャンスを奪った張本人がどの口で言うのか。

アネットは拳に力をこめる。前世なら絶対に殴っているところだ。だが、自分の中にいる十四歳のアネットが今も義母を怖《おそ》れていて、その拳は震えていた。

「アネット、私がついていれば社交界も怖くないですよ。この私が美しく磨いてさしあげましょう」

男爵が急に猫撫《ねこな》で声《ごえ》になった。あまりの気持ち悪さに悪寒が走る。

だが、憎しみを向けるべき相手を間違えてはいけない。娘と金《カネ》の交換を申し出たのは義母のほうだ。

花火の日、木の上で出逢ったフェルナンはアネットにこう言ってくれた。

『いつだって否があるのは、いじめる側だよ』

この言葉が、どれだけアネットの救いになったことか。

「アネット、男爵に気に入られてよかったわね。これであなたも男爵夫人よ」

「お義母様、それで、あなたはどれほどのお金を手に入れられるのです？」

ドロテの顔が引きつった。

「な……何を言っているの？　せっかくいい縁談を探してきてあげたというのに……」

――この偽善者！

アネットは拳を振り上げる。だが、怒りに任せて、というわけではない。義母を殴るような娘は、さすがの男爵も結婚したいと思わないだろうという計算があってのことで、手加減するつもりだ。

――今世こそ幸せになるんだから！

そうだ。たとえ貧しくても、温かい家庭を築くのだ。

そのとき、なぜかフェルナンの顔が浮かぶ。

――なんであんな育ちのよさそうな美形の顔が……。

「アネットはまだ子どもなんだよ。大人しか知らない愉《たの》しいことを教えてあげよう」

男爵が下卑た笑みを浮かべ、アネットの両手首を取った。

「な……何を？」

アネットは手を振りほどこうとするが、男爵は意外にも握力があった。

――私の特技は蹴りなんだからね！

アネットが足を振り上げようとしたそのとき、エントランスのほうが騒がしくなる。

「なんだ！　今、取り込み中なんだから、人を入れるな」

男爵が声を荒げた。

「旦那様……そ、それが……ご訪問になった方というのが……」

言いにくそうに話す侍従長の前に出てきたのはフェルナンだ。

――どうしてここに⁉

もう二度と見ることもないと思っていた人物が現れて、アネットは目を疑う。

その彼が、何を急いでいるのか駆け足でこちらに向かってくる。

――もしかして、男爵の息子だった？

フェルナンが、男爵からアネットを隠すように、間に割って入ってきた。

「カピュソン男爵、私の顔を忘れてはいないだろうな」

「も、もちろんです。ですが、なぜ……ここに？」

フェルナンの大きな背に遮られて顔が見えないが、声色からして男爵は狼狽《ろうばい》しているようだ。

――私も、なぜここにフェルナンがいるのか知りたいんだけど！

フェルナンが男爵の質問に答えることなく、顔を向けてくる。

「アネット……よかった。まだ何もされてなくて」

「まだ？　な、何をされるというの？」

義母がアネットのほうに近づいてきて強引に腕を取った。

「ひぇ」

「アネット、この娘《こ》ったら！　汚らわしい。内通している男がいたのね！」

ドロテが怒りをぶちまけると、なぜか男爵が彼女の腕をつかんだ。

「あ……あなたは、この方がどなたかわかってらっしゃらないのですか？」

男爵が鬼気迫った表情で言ってくるものだから、ドロテが口を噤《つぐ》んでフェルナンを見上げる。

フェルナンが軽蔑したようにドロテを一瞥《いちべつ》したあと、男爵に向きなおった。

「男爵、二度とアネットに触れるな。アネットは私のものだ」

——フェルナンのもの？

「来るんだ。アネット」

フェルナンがアネットに手を差し出してきた。その表情には人を従わせるオーラがあり、気づけばアネットは手を取っていた。

今日の彼は、前回会ったときと印象が全く違う。不機嫌というか、厳格な感じがする。

フェルナンがアネットの手を引き、無言でエントランスのほうへと向かっていく。

アネットが、ちらっと振り向いて義母を見ると、男爵に何か囁《ささや》かれて目を見張っている。

——今さら、何に驚いているっていうの？

エントランスから前庭に出ると、見たことのないような立派な青毛の馬がいた。

——馬車でなく騎馬で来たなんて……。

「私をどこへ連れていくつもりなんです？」

彼の背に質問を投げかけると、フェルナンが急に立ち止まったものだから、アネットはぶつかりそうになる。

「血が上《のぼ》ってしまった……」

――若いのに高血圧……ってわけじゃないよね？

フェルナンが、横目でアネットを見下ろし、ごほんと咳払《せきばら》いした。

「ほら、前、仕事をしたいと言っていただろう？　いい仕事が見つかってね……探したよ」

「……そのために、わざわざここまで？」

愚痴を聞いてもらえただけでもありがたかったのに、あのときの言葉を覚えていて、しかも本当に仕事を探してきてくれるなんて思ってもいなかった。

アネットは感激のあまり泣きそうになったが、前回、涙で頬が黒く染まったことを思い出し、ぐっとこらえた。

「私、追手を撒《ま》けなかったのに、こんなことまでしていただいていいんでしょうか？　あれから大丈夫でした？」

「ああ。追手といっても部下だから」

「部下に……追われる？」

意味がわからず、オウム返ししかできなかったアネットだが、不意にフェルナンに両手をまとめて包まれる。育ちがよさそうなのに、意外にもその手には剣だこがあり、ごつごつしていた。

――大きな……力強い手……。

しかも、初めてお日様の下で見る瞳は、あのときと違ってサファイアのように輝き、黄金の髪も光を受けてきらめいていた。

「それより、男爵に何もされていないよな？」

「え、ええ。手首を取られただけです。思いのほか力が強くて……本当に助かりました」

感謝の気持ちで心をいっぱいにして、アネットが見つめ返したというのに、フェルナンはといえば、この世の全てを呪《のろ》うような昏い表情をしていた。

「あ、あの……もしかして、カピュソン男爵の機嫌を損ねたことを気になさってます？」

フェルナンが馬鹿馬鹿しいとばかりに、半眼になって乾いた笑みを浮かべた。

「王太子の俺が、あんな小物を怖れるとでも？」

突飛なことを言われ、アネットは戸惑ってしまう。真面目な人に見えるが、そういう人が頑張って冗談を言ったときは往々にして滑るものだ。

――恩人なんだから、笑ってあげなきゃ！

「ハハハ～、フェルナンって面白い方だったんですね～！　これからは殿下ってあだ名、つけちゃいますよ～」

とたん、フェルナンの目が据わり、手を離された。

――笑ったらまずいところだった？

アネットは友だちが馬だけなので、今世流コミュニケーションの取り方に自信がない。

フェルナンが馬の背に掛かった垂れ布を指差す。

「アネットだって、この紋章ぐらいは知っているだろう？」

「王冠とドラゴン？」

王室しか使えない紋章だ。

――男爵が豹変したのって、相手が王太子だって気づいたから――⁉

アネットは、勢い腰を落として顔を伏せた。

「お、王太子殿下に数々の非礼……申し訳ありませんでした！」

「君までそんな……やめてくれ。あの花火見学のときのように、対等に話してほしいんだ」

「そ……そうは申しましても……私は子爵家の娘にすぎず……」

――そうよ、いよいよ謎だわ。

どうしてまた王太子が下位の貴族令嬢の職業斡旋《あっせん》をしているのだろうか。

「……なら命令だ。アネット、顔を上げよ。今後、私と話すときは敬語をやめるんだ」

アネットはおずおずと顔を上げる。

急に高慢な物言いになったというのに、彼の瞳は切なさをたたえていた。

「王太子殿下ともあろうお方が、なぜ私なんかを助けて、さらにはお仕事の紹介までしてくださるのです？」

さすがに〝ため語〟は憚《はばか》られた。元ヤンとはいえあくまで前世の話だ。今世は貧乏子爵令嬢根性が沁《し》みついている。

フェルナンが何か答えようとしたあと、口を噤んだ。少し視線をずらして考えるような表情になったあと、再びアネットを見つめてくる。

「それは……おまえのことが………気になるからだ！」

決意したように口を開いたわりに、その物言いはぶっきらぼうで、しかも言い終わるとすぐに顔を背けた。

実はこれは、フェルナンにとって自分の主義をひっくり返すような重大発言だったのだが、相手が悪かった。アネットは前世も今世も恋愛に縁のない女なのだ。

アネットは感動のあまり目を潤ませる。

「不遇な民を放っておけないなんて……殿下はきっと名君《めいくん》におなりですわ」

フェルナンがすごい速さで再び顔を向けてきた。

「は？　何を言っている？　そうだ。あんな家で過ごしていてはだめだ。一刻も早く、あの家を出て、私の妹の侍女になるがいい」

「そ……そんな光栄なお仕事を……？　私ごときがいいのですか？」

「君だから、いいんだ」

フェルナンはアネットに熱い眼差しを送る。これも一世一代の告白だったのだが、アネットが気づくわけもない。

「ありがとうございます！」

アネットが見つめ返して感謝の念を伝えたというのに、フェルナンは視線を逸《そ》らした。

「俺としょっちゅう会えるぞ、喜べ」

——俺としょうちゅうをあおれるぞ？　いえ、さすがに今世で焼酎《しょうちゅう》は聞き間違いよね。

「申し訳ありません。今よく聞き取れなくて……あの、今、何に喜ぶようおっしゃいました？」

フェルナンが不服そうに双眸《そうぼう》を細めている。

「だから！　敬語はやめろと言っただろう！」

「はい！　やめます。やめる……です。やめよう、やめた」

そんなわけで、アネットはフェルナンの好意に気づくことなく、王女の侍女になることが決まった。

この仕事で、彼女が生来の資質を開花させることになるとは、この時点では、フェルナンはもちろん、アネット本人も気づいていなかったのだった。

第二章　完璧王太子とヤンキー侍女

周辺国と比べても、ルフォール宮殿の舞踏広間ほど広くて豪華な空間はないだろう。

天使たちが舞う荘厳な天井画から吊《つ》り下《さ》げられた巨大なシャンデリアの数々に照らされ、夜だというのに、ここだけは昼のようだ。

そんなきらびやかな広間の中で最も美しく咲き誇る集団といえば、王女ソランジュを取り巻く貴族令嬢たちである。

その中央で仁王立ちになってすごんでいるのが、新米侍女のアネットだ。

そんな彼女と対峙《たいじ》して震えているジョリオ伯爵家のゴーチエは女にだらしないが顔だけはいい男である。何かしら誇れるところがないと、美貌の王女にちょっかいなど出せない。

その彼が美しい顔を恐怖で歪《ゆが》ませているのは、ちょうど今、アネットが、太い蠟燭《ろうそく》をいともたやすく片手でぐしゃっと握りつぶしたからである。

「王女様にどのようなご用件でしょうか？」

アネットは優美に微笑んでいるのだが、ゴーチエは潰された蠟燭に目が釘付《くぎづ》けになっており、気づくこともなかった。

「い、いえ……ご挨拶したかっただけですので、これにて失礼いたします」

ゴーチエが足早に去っていった。

どこからともなく、『今日の番犬は一段と怖さを増しているな』『蠟燭って片手で握りつぶせるものか？』『犬っていうよりもう狼《おおかみ》の域』などといった、ひそひそ声が聞こえてくる。

だが、アネットは全然気にしなかった。むしろ、役に立っている証拠のようで誇らしい。くるっとソランジュのほうに躰を向ける。

「ソランジュ様、本当に殿方というものは油断ならない生き物ですわね。私が少し離れた間に……大丈夫でしたか？」

「ええ。少し息が臭かったけど、扇で遮ってなんとかこらえたわ」

ソランジュは男性があまり好きではない。それなのに、蛾《が》が灯に吸い寄せられるように、虫たちが寄ってくるので、いつもいやな想《おも》いをしていたそうだ。

——私が来たからには、もうそんな想いはさせないって誓ったのに。

「申し訳ありません！」

アネットは、前世の名残で、ものすごい勢いで四五度のおじぎをする。

「まあ。顔をお上げになって。アネットに守られていたことが実感できてよかったというものよ」

「ソランジュ様！」

この美しく気高く部下想いの王女が自分の主人だなんて、こんな幸せがあるだろうか。アネットは感激のあまり涙が出そうになったが、息を止めてこらえた。もちろん強めなアイメイクが落ちないようにするためだ。

——あれもこれも全て、王太子様のおかげだわ。

『姫女帝国』で総長を支えたアネットに、王女を支える役目を与えるなんて適材適所。フェルナンには人の能力を見抜く力がある。

——さすが、いずれこの王国を統《す》べるお方ね！

アネットはさりげなく目の動きだけでフェルナンを探す。

舞踏広間のような人であふれかえっているところでも、フェルナンはすぐに見つかる。彼が長身な上に、周りに人だかりができているからだ。

もちろん、彼の父親である国王の周りにも人はいるのだが、国王ともなると中央壁際に玉座が用意されており、隣に座るのは、フェルナンの母ではなく、後妻である現王妃だ。その周りを、王妃の兄で宰相でもあるエクフィユ侯爵を始め、大臣や側近が固めている。

だが、フェルナンの周りには、彼を慕う若い貴族や士官、そして秋波を送る令嬢たちが自然と集まっていた。

フェルナンが優しく微笑みかけると、それだけで令嬢たちが卒倒しそうになっている。

それを見て、なぜか、きりりと胸が痛んだ。

フェルナンは花火のときは優しかったのに、男爵家では微笑むどころか不機嫌になっていた。

——義母といい、私ってどうしても人を不快にさせてしまうのかしら……。

「わかるわ～。王太子様、本当に美形ですもの」

急に話しかけられ、アネットは「ひょっ」と素っ頓狂な声を上げてしまう。

顔を横に向けると、侍女仲間のヴァネッサが意味深《いみしん》な笑みを浮かべている。

「ほら、アネットが完璧太子様をじっと見つめてらっしゃるから」

「完璧……たいし様？」

「王太子様のあだ名ですわよ。普通、王族は大学で勉強したりしないのに敢《あ》えて大学に入学して飛び級して首席で卒業。それだけでは飽き足らず、一士官として軍に入隊されて今や近衛隊長。あんなふうに士官たちに慕われていますの。し・か・も！　身分を隠して参加した剣術大会で優勝されているんですよ。完璧どころかそれ以上ですわよね？　それなのに傲《おご》らず、いつも微笑をたたえていらっしゃるのですもの……神の領域ですわ」

いつもおっとりしているヴァネッサが、顔を上気させて一気にまくし立ててきた。

「ヴァネッサ……急に早口になりになって……もしかして王太子様のファンでいらっしゃいますの？」

「私だけじゃありませんわ。ここにいる若い令嬢たちは皆、王太子様に憧れていますのよ」

にやつくヴァネッサに合わせて、アネットも口角を上げてみた。

「さすがですわね」

だが、その〝完璧〟な王太子が、王宮舞踏会を抜け出して花火を見に行っていたというのはどういうことなのだろうか。

「先日の社交界デビューの日、王太子様はご欠席なさっていたとか？」

鎌をかけてみた。

「いえ。早退ですわ。社交界デビューの日はいつもそうなんです。デビューしたばかりのご令嬢軍団が押しかけてきても、ひとりひとり丁寧にお相手をされるから、お疲れになるのかもしれませんわね」

――そうよね。誰にでも優しいのよね。

だが、その完璧王太子が公務より花火を選んだことで、アネットは出逢うことができた。

「でも早退するということは……令嬢に対してだけは完璧ではないということですわね？」

すると、ヴァネッサが扇で口もとを隠して楽しそうに笑った。

「そうとも言えますわね」

王女の侍女たちは皆、気立てがよく、友好的な令嬢ばかりだ。実家からアネットを引っ張り出し、ここまで連れてきてくれた王太子には感謝しかない。

もう一度、フェルナンを見ようとしたところ、視界に異母妹クロエが入ってくる。少し離れたところに立っているのに、相変わらず蔑むような眼差しを送ってきていた。

邸から出ていった異母姉《アネット》のことなど忘れてくれればいいのに、なぜ今も嫌悪し続けられるのだろうか。

アネットの心は急激に冷えこんでいく。

「こちらが新しく私専属の侍女になったグランジュ子爵家ご令嬢のアネットですのよ」

上品な澄んだ声が聞こえてきて、アネットはハッと目の前を見た。

王女ソランジュが、白髪交じりの熟年男性のほうに手を差し出している。

「こちらは、リーリャ王国大使のモンテシーノス伯爵よ」

アネットは内心、慌てつつも腰を落とす丁寧な礼をした。

「は、初めまして。まだ侍女になったばかりで至らぬ点も多いかと存じますが、以後お見知り置きくださいませ」

なぜ王女が大使と親しいかというと、ソランジュとフェルナンの亡き母が、リーリャ王国の王女だったからだ。

こんな高貴な姫の侍女になったというのに、アネットは強気な態度で男を蹴散らすことぐらいでしか役に立てていない。

――王女様の侍女として恥ずかしくない人間にならなくちゃ！


そのためには、まず勉強だ。

実家でも独学で頑張っていた。だが、これからは違う。初任給が出たので、家庭教師に来てもらえることになったのだ。

あの家から救い出してくれた王太子に報いるためにも、いろんな知識を身につけたい。

そう思いながらアネットが自室で歴史書のページを繰ったところで、ノック音がした。侍女仲間が明日の勤務のことで何か伝えに来たのだろうか。

どなたかと問うと、フェルナンだと返ってきて、アネットは慌ててドアを開けた。

アネットが王宮に移って早一ヶ月だが、彼がここに来るのは二度目だ。一度目は、初めて出勤した日で、お祝いの花束を持ってきてくれた。

――今でも気にかけてくれるなんて……。

回廊では、護衛も連れずにフェルナンが立っていた。可愛い花柄の布で包まれた箱を手にしている。舞踏会のような盛装ではないが、シンプルで仕立てのいい服は却って生来の美しさを際立てるというものだ。

「王太子殿下、いかがなさいました?」

アネットは腰を落とす礼をとった。

「畏《かしこ》まるのはやめろと言っただろう? 甘いものが好きだと妹に聞いたので持ってきたんだ」

そう言ってフェルナンが贈り物を差し出してきたので受け取ったものの、さすがに王太子相手に敬語をやめるなんてできそうになく、こう答えた。

「ありがとうございます」

不服そうに双眸を細められ、アネットは縮み上がる。

「失礼するよ」

フェルナンがアネットの脇を通り過ぎ、勉強机のほうまで歩いていく。アネットの居室は侍女にしてはやたら広いが、宮殿あるあるで一室しかないのだ。

机上に置いたままになっていた小説本をフェルナンが手に取った。

「なんでこんなに紐がたくさんついているんだ？」

――いやだわ。恥ずかしい！

「返してください。わからないところに紐を挟んでいたら、紐だらけになったんです」

アネットが取り返そうと本に手を伸ばしたのに、フェルナンが高く掲《かか》げたものだから届かない。アネットよりも上背があるからなせる技だ。

「わからないところ？」

フェルナンが机上に目を落とす。そこに、意味がわからなかった文章を書き出している紙の束があった。

アネットは、急ぎ片手でその紙を回収する。

「来週から家庭教師の方に来ていただけることになったので、すぐにわかるようになります」

彼が唖然《あぜん》としていた。こんな学のない人間を妹の侍女にしたことを後悔しているのだろうか。

――この番犬は野良犬なんです。

アネットが項垂《うなだ》れていると、頭上にこんな言葉が降ってきた。

「家庭教師は断れ。俺が教えてやる」

アネットは驚きのあまり、すごい勢いで顔を上げた。

フェルナンは至って真面目な表情だ。

「さすがに王太子殿下に家庭教師をしていただくわけにはいきません」

国のために使うべき貴重な時間を、侍女の教育に割くなんて許されない。

「こちらからしたら、せっかくの給金をそんなことに使わせるわけにはいかない」

「いえいえ。殿下こそ、そんなお時間がおありでしたら、ご自身の見識をより深めるためにお使いください」

彼の目が据わった。

そのとき、舞踏広間で笑顔を振りまいていた彼が思い起こされた。

一方、アネットが何か言うたびに彼は不機嫌になっている。

その彼の顔に、異母妹の憎しみに満ちた眼差しが重なった。

——私ってどこにいても人を不快にさせるのかな。

「お……俺がおまえと過ごすために使いたいと言っているんだ」

なぜか絞り出すような声だった。

彼が机に本を置き、椅子に座るとすぐに、アネットの腰をつかんできたものだから、アネットは

「ひゃっ」と変な声を上げてしまう。

気づけば、アネットはフェルナンの膝の上に座っていた。

「こ、これは……ふ、不敬、不敬でございます」

「だから敬うのをやめろと言っているんだ。あの木の上のときのように」

対等に話しかけられたのがよほど新鮮だったのだろうか。

「貸せ」

フェルナンはアネットの手から箱を取り上げ、中からボンボンショコラを取り出すと、アネットの口に押し込む。

その拍子に彼の指先が唇に当たり、アネットはドキッとしてしまう、だがすぐにその感触を忘れた。ボンボンショコラの硬い殻を噛《か》むと、蕩《とろ》けるようなチョコレートが舌の上で甘く広がったからだ。

「おいしいでふ」

と、油断した隙に、手にしていた紙束を取り上げられる。

「あっ」

またしても上に掲げて読まれた。

「この文のどこがわからないんだ?」

「殿下のような知識がある方には、何がわからないかも理解していただけないかと」

「俺が理解できないと決めつけるつもりか」

そうすごんでくるものだから、アネットは彼が指差す文に目を通す。

「え、えっと……この人がいい行いをしたあとの文なのに、彼のことを厚かましいと書いてあって……どこが厚かましいのかよくわからず……」

「ああ。この『厚かましい』というのは古語なんだ。昔は『意外』という意味だったんだよ。これは名作だが、古い小説だからね」

「古語！　この小説、古語がまじっているんですね。私の辞書は現代のものだから……」

「ああ。六百年前の名作だからな」

「なーんだ、ひとりで悩んじゃったわ」

そうつぶやいて、アネットはフェルナンを見上げた。

フェルナンが、じっとアネットを見つめてくる。笑っているものだと思っていたのだが、彼の瞳が切なげだったので、アネットは目が離せなくなる。

「もう、君はひとりじゃない」

噛みしめるように言われ、アネットはどう返していいかわからない。しばらく固まっていたが沈黙に耐えきれず、アネットは口を開く。

「え、ええ。こんなにいい先生に教えていただいて」

「そうじゃない。これから、ずっとひとりじゃない」

今度は、いら立つように言われてしまう。

――私、また何かまずいこと言った？

王太子の考えることはわからない。そもそも、下級貴族ごときが理解しようというほうが傲慢というものだ。

フェルナンが再びボンボンショコラを口に突っ込んできた。行動が読めない。しかも、食べている間、間近でじっと見つめてくる。

――鼻がくっつくような距離になる必要ある？

味を楽しむどころではない。

その彼が、急に、ふっと小さく笑った。

――ここ、笑うとこ？

むしろさっき、単語の意味を取り違えたときのほうが笑われても仕方なかったように思う。

すると、彼がアネットの顎を取って持ち上げてくるではないか。

――え？　まさかキス……なわけないよね？

アネットが身構えたところで、彼が懐からハンカチーフを取り出し、唇を拭いてくる。

「唇にチョコレートがついている」

――いやだ、恥ずかしい！

恥ずかしさのあまり顔を背けようとするが、顎ががっちり固定されていて、できなかった。

「おや？」

フェルナンが不思議そうに見てくる。

「唇の色が変わった」

チョコレートだけでなく、口紅も取れてしまったようだ。みっともないところを見られて顔から火が出そうになる。

「あ、あの……顎から手を離していただけませんでしょうか」

「待て。眉や目の周りだって……」

フェルナンが水差しを手に取り、ハンカチーフに水を垂らして眉や目の周りを拭いてくる。

「あ……やめ……て、くだ……さい」

アネットは強く抗議したかったが、弱々しくそうつぶやいただけで、されるがままになった。

彼の真剣な眼差しを間近で見てしまったせいか、顔を拭かれていくうちに甘い痺《しび》れが全身を包み、躰に力が入らなくなっている。

――なんで私、こんなことになっているの？

「取れた……でも、どうしてこんな化粧を？」

――目の周りが真っ黒になっているんだわ！

顎から手が外れたので、アネットは引き出しから手鏡を取り出し、彼に見られないよう背を向けて立ち上がる。

——あれ？　きれいに化粧が取れているわ。

それなら、あの問いはどういう意味だったのだろう。

アネットが振り向くと、フェルナンの目が据わった。

——なんなのー？

毎度、反応が理解できない。

フェルナンも立って、アネットの腰を引き寄せてくる。

——いちいち距離を詰めすぎだし！

「俺以外の男に素顔を見せるな」

——へ？

真顔で言われたので、ちゃかすこともできず、アネットはただ、ぶんぶんと顔を縦に振った。

「いつもこの部屋を出るときは、ばっちり化粧しておりますし、今後もそうさせていただきます！」

「なら、いい」

「はい！　よかったなら、よかったです！」

そう答えたものの、アネットは何を求められているのか、よくわからない。

だが、フェルナンが去ったあと、胸に穴が空いたような寂しさに襲われ、自分の気持ちはわかってしまった。

勉強をしようと机に向かっても、頭に浮かぶのは彼のことばかりだ。

ボンボンショコラを口に入れられたとき指が触れたこと、切なげに見つめられたこと、楽しそうに笑われたこと、真剣な眼差しで顔を拭かれたこと――。

思い出しただけで、ドキドキが止まらなくなる。

机上に置かれたままのハンカチーフを手に取り、自身の鼻に当てた。化粧品の匂いが強くて彼の残り香など嗅げるわけもないが、そのとき、前世で夢見ていたことが思い出された。

――刺繍……したい。

『愛羅武勇』と手ずから刺繍した特攻服を、好きな男に着せるのが夢だった。それなのにアネットは恋も知らずに死んだのだ。

「王太子様がお戻りです」

衛兵の言葉を聞いて、バティストはすごい勢いで立ち上がった。

フェルナンがアネットを訪ねている間、バティストは、王太子の居室で留守番をしていたのだ。

王太子が惚《ほ》れた相手が、あの気が強そうで馬術が巧《たく》みな女というのには驚いたが、フェルナンが一生、女性を好きにならないのではと心配していたので、安堵《あんど》のほうが大きい。

この扉を開けたときのフェルナンの表情から今夜の成果を推測するつもりだ。

――なんといっても、どんな女性をも魅了する〝完璧太子様〟……笑顔に決まっている。

果たして、扉を開けてフェルナンが現れた――が、表情が見えなかった。苦悩するように顔を手で覆っていたからだ。

――物理的に読めない……。

そもそも、これが初めての恋愛沙汰なので、生まれたときからの付き合いのバティストでさえも、彼がどう変わってしまうのか想像がつかなかった。

バティストは扉のほうまで駆け寄る。

「殿下、いかがでしたか」

手がずれたので、彼の双眸が見えるようになったが、口は依然として手で覆われていて見えない。

――唇が腫れるぐらいのすごいキスをしたとか？

「まずい……まずいことになった」

「ええ？」

――もしかして、もう子作りをしてしまったとか⁉

フェルナンが、もう片方の手を掲げることで人払いの指示を出した。つまり、これから人に聞かれたくない話をするということだ。

侍従や衛兵たちがわらわらと部屋から出ると、フェルナンが長椅子の中央に腰を下ろす。

「あれはまずい……可愛すぎる」

――はあ？

聞き間違いだろうか。

「あの……アネット様のことですよね？」

念のため名前を出して確認した。アネットは気の強そうな顔をした背の高い侍女で、可愛いタイプの女には到底見えなかった。

「アネットが化粧を落としたら、あんなに無垢《むく》で愛らしくて可憐《かれん》で美しくて魅力的な素顔が現れるとはな……息を呑《の》んだよ」

口に手を当てたまま、同じような形容詞を並べ立ててアネットを褒めちぎった。

そんなフェルナンはといえば、紫がかった青い瞳に、男らしいきりっとした眉と鼻筋通った高い鼻、そしてほどよく筋肉のついた、上背のある体躯《たいく》……と、正直、美術館の彫像でも勝ち目のなさそうな外見だ。

――モテすぎると、普通の女では満足できなくなるのだろうか。

「そ……それはそれは……」

どう反応していいのかわからず、バティストは曖昧に答えることしかできなかった。

「いや。化粧を落とす前のアネットも凛々しい感じで、あれはあれでよかったのだが……あんな可愛い容姿を隠して強く見せているなんて、けなげというか……ギャップがたまらないというか」

ようやくフェルナンが口から手を離す。彼の唇は腫れておらず、いつもと同じだった。

――よかった。

と思えたのは一瞬のことだ。その手は口から下へとずれる。

フェルナンは自身の胸を押さえると、ぎゅっと目を瞑《つぶ》った。

——殿下——！　あの番犬相手に、何、感極まってらっしゃるんですかー!?

そう心の中で叫んでから、バティストはあることに気づいた。

「素顔になったということは……殿下？」

生まれたままの姿で抱き合ったということではないだろうか。

「そうだ。俺が拭いてやったんだ」

拭くということは、濡れるようなことをしたということだ。性交渉で濡れるのは局部だけではない。

——涙とか涎《よだれ》も、王太子様自ら拭いたということか。

不可抗力で厚化粧が落ちたら、素顔が好みだったというわけだ。

短時間で、最難関にして最上級の王太子をしとめるとは——。アネットは番犬というよりハンター犬と言ったほうがいいのではなかろうか。

フェルナンが上目遣いで、照れたように笑う。

こんな表情の王太子を見るのは、バティストが生まれて初めてのことだった。

——正直、番犬女よりこっちの最上位血統犬のほうがよほど可愛いじゃないですかー！

「アネットの居室に毎日通ういい口実が見つかったんだ。バティストの恰好で行くから、おまえは今日のようにここで俺の代わりをしていてくれ」

「ま……毎日……でございますか？」

いくら髪と瞳が同じ色といえども、顔も背丈も違うので成り変わりには無理がある。人の目に触れぬよう、信用の置ける衛兵で周りを固めて噂《うわさ》にならないようにしたとしても、アネットが妊娠したら、隠しようがない。

真面目な王太子のことだ。絶対に認知する。

「あ……あの。このような関係になるには順序があるかと……愛妾《あいしょう》として国王様にお認めいただいてからのほうが、よろしいのではないでしょうか」

すると、フェルナンの眉間に皺が寄った。

「愛妾？　俺はそんなものは絶対に持たない。生涯、ひとりしか娶《めと》るつもりはない。アネットは王太子妃だ。義母は姪《めい》と俺を結婚させようとしているが、俺にその気がないのは知っているだろう？」

「もちろんです。というか、どんな女性にも今まで興味をお示しにならなかったかと」

フェルナンが再び片手で口を覆った。

「そうなんだ。やっと好きになれる女性に出逢えたんだ」

バティストは意識が遠のきそうになる。

——女を知らなかった人に限って、ハマると深くなってしまうんだ。

フェルナンは、勉学はもちろん、王族としてはありえないほど躰を鍛え、剣の腕を磨いてきた。

——少しは女遊びで発散したほうがよかったのでは——⁉

今になって後悔しても遅い。

バティストはフェルナンの前でかしずいて、彼を見上げた。

「どうした？　目が血走っているぞ」

そう言われて初めて、バティストは自身が思ったよりショックを受けていることに気づかされる。

国王が気に入っているのは、勉強と鍛錬を好む息子だ。フェルナンとて、それに応えようとしてここまで来た。侍女を妊娠させて王太子妃にすると言い出せば、国王は失望するだろう。

それを利用して暗躍する者が出かねない。

フェルナンは嫡子で王位継承権第一位とはいえ、国王が最も愛するのは庶子のシルヴァンで、フェルナンより一歳年上だ。とはいえ彼は王位継承権を持たないのでさほど警戒する必要はない。

問題は、フェルナンの母が亡くなったあとに娶った、エクフィユ侯爵家出身の現王妃のほうだ。国王がエクフィユ侯爵の権力を利用するために行った政略結婚だが、四歳の王子がいて、彼の王位継承権は第二位である。

エクフィユ侯爵家にとって、フェルナンは邪魔な存在でしかない。

――どうしたら完璧王太子像をキープできるのか……。

彼が唯一思いついた対処法はこれだった。

「ひ……避妊法はご存じでしょうか？　今度、参考書をお持ちします」

アネットの一日は、顔に色を塗りたくるところから始まる。

素顔だと頼りなさそうに見えるので、もともと働く女性として強気メイクを心がけていた。王太子からも直々に化粧をしているほうがいいと言われたから、ますます気合いが入るというものだ。

メイクが終われば、一階上、四階にある王女の居室に向かう。あとになって知ったのだが、新米侍女というのは、普通は一階の狭い居室に入るそうだ。

王太子の推薦ということで優遇されている。その上、王太子自ら勉強を教えてくれた。きっと、アネットの境遇に同情してのことだろう。

――でも、もっと酷《ひど》い目に遭っている国民は山ほどいるわけで……。

アネットだけが特別扱いされるのは居心地が悪い。

そんなことを考えながら、王女の居室に入ると、「おはよう」と、ヴァネッサの明るい声に迎えられる。

しかも、「今日は一段と凛々しいわ」と褒めてくれた。

いつもよりメイクを濃くしてきた甲斐《かい》があったというものだ。

ここで、ヴァネッサとおしゃべりをしながら王女の目覚めを待つ。

「王女様がご起床されました」

女官の声に、アネットは立ち上がって寝室に入り、ここでようやく仕事となる。着替えを手伝うのが仕事だが、その衣類は使用人たちがあらかじめ用意してくれたものだ。

侍女といっても、王女付きの侍女なので、皆、名門貴族の出で、お湯くみなどの力仕事はもちろん、面倒なことは一切しなくていいようにできている。王女の身の回りの世話と話し相手だけすればいいのだ。

ソランジュは十七歳とは思えないくらいしっかりしていて、侍女だけでなく、下働きの使用人にも気を配っている。

生まれたときから人の上に立つよう教育されてきたのだ。

——王太子様にも通じるものを感じるわ。

そんな公平であるべき王太子が毎夜、アネットの居室を訪れ、アネットが理解できなかったところをわかりやすく解説し、ページに掛けていた紐を次々と外していってくれているなんて、こんなことが許されるのだろうか。

そのとき、ソランジュが皆を見渡した。

「私が食事に行っている間、リーリャ王国から届いたお菓子を皆様で召し上がってね」

こういう気遣いのできる上司は、なかなかいないのではなかろうか。

ソランジュは同母兄であるフェルナンと朝食をともにしていて、彼女が戻るまでの間は侍女たちのお茶の時間となる。今日は珍しいお菓子があるので、皆、いつにも増して朗らかだ。お菓子の置かれたローテーブルを皆で囲む。

こんなに楽しい仕事を与えてくれた、王太子と王女には感謝しかない。

ほかの侍女たちは皆、あくまで花嫁修業のためにここにいる。アネットは彼女たちのように腰かけ仕事ではなく、ずっと王女を支え続けたいと思っていた。

それで、ここに来て間もないとき、ソランジュに決意を伝えたところ、特別な任務を与えてくれた。舞踏会や散歩のとき、寄ってくる男性たちを追い払ってほしい、と——。

『私、背が高いので、王女殿下の城壁となってお守り申し上げます！』

と即答したら、ソランジュのツボにはまったようで、可笑《おか》しそうに笑ってくれた。

だが、ひとつ懸念があった。

『城壁のせいで、素敵な殿方との出逢いがなくなってもよろしいのでしょうか？』

そう問うたら、きっぱりとこう返された。

『障壁があるからといって寄りつかなくなるような男性はこちらから願い下げだわ。それに、好きな方ができたら、こちらから行くもの』

——かっこいいー！

前世の総長といい、今世の王女といい、二世にわたって尊敬できる女性に仕えることができるなんて幸運にもほどがある。この仕事を紹介してくれたフェルナンには感謝しかない。

王女に恥をかかすことのないよう、礼儀作法やダンスを早く身につけないと、とアネットは決意を新たにした。

「昨日の、蠟燭を片手で握りつぶすところ、とてもかっこよかったですわ」

ヴァネッサが、そう言うと、ほかの侍女たちも憧れるような眼差しを向けてくる。

――全く慣れない。

育ちのいい令嬢にとって、アネットのような型破りな娘は、どうやら憧れの対象になるらしい。実家と真逆の反応をされて、アネットは最初、戸惑うばかりだったが、最近は開き直ってきた。

「いやな男性が寄ってきたときは、このアネットを頼ってください」

そう言って、ガッツポーズを取ると、「素敵ですわ」「アネットのように優しくて力持ちな男性ってどこかにいらっしゃらないものかしら」などと褒められ、アネットは泣きそうになる。

――学もなく、碌にダンスも踊れない私ごときに……。

「そういえば、まだアネットのダンスを見たことがありませんわ？」

「実は、ダンスが苦手で……これから特訓しようと思っていたところなんです。私を誘う度胸のある男性はいないでしょうから、そのときはぜひお相手してくださいね」

アネットが冗談めかしてそう言うと、品のある笑い声が立った。

「いっそ、男性パートだけ覚えて私と踊っていただけませんこと？」

「もう、抜け駆け。ファーストダンスは私とですわよ？」

そこに「王女様のお戻りです」という女官の声が聞こえてきて、皆、一斉に立ち上がって腰を落とす辞儀を取る。

「まぁ。今日も皆様、楽しそうで何よりですわ」

「今、アネットがダンスの男性パートを習って、私たちと踊ってくれたらいいのに、という話をしておりましたのよ」

ソランジュが椅子に座ったので、アネットたちも腰を下ろした。ソランジュが含意のある眼差しをアネットに向けてくる。

「そうね。女性が相手なら嫉妬されなくてていいわね」

――嫉妬？

誰が誰に嫉妬するというのだろうか。

アネットが不思議そうにしていると、ソランジュに、うふふと上品に微笑みかけられた。彼女はとても臈長《ろうた》けていて、到底、一歳年下には思えなかった。

そんなある日、フェルナンにある頼まれごとをされた。

「最近、平民に人気のティーガーデンなるものがあり、視察に付き合ってほしい」とのことだ。

それでアネットは宮殿の外にある馬車の停留場に足を運んだ。約束より一時間早く着いたのに、馬車の中から王太子が現れた。

しかも、花火のときのように、庶民的な格好をしている。

――粗野《そや》な感じで、かっこよさ増し増しだわ！

「お待たせして申し訳ありません」

「いや、私が早く来すぎてしまっただけだ」

富裕な平民が乗るような馬車が用意されており、御者も質素な恰好をしていた。

「この馬車はお忍び用ですか？」

「そうだ」

と、フェルナンが扉を開けて、アネットの手を取って中へと誘《いざな》う。

「花火のときも、こういう馬車で出かけられたのですか？」

「ああ。まさか君に出逢えるとは思ってもいなかった」

そう言いながら、フェルナンが向き合って座り、扉を閉めると、馬車が動き出す。

「私もです。木の中から手が伸びてきたときは殿下の手だなんて思ってもいませんでしたわ」

フェルナンが破顔した。

「そうだった。死ぬって言っていたな」

「殿下は命の恩人です」

――しかも、あの家から救い出してくださった……。

「オーバーだな」

「花火、お好きなんですか？」

「いや、嫌いだった……けれど君に出逢えたから好きになれそうだ」

「嫌い？」

「花火を見るのは決意……というか儀式のようなものだ。そんなことより、アネット、その町娘みたいな恰好もすごく……似合っている」

「王宮よりも、こちらのほうが得意分野ですから。全力でお守りします！」

「いや、俺が守るほうだから」

——そういえば、剣の腕が王族レベルじゃないって……！

「失礼いたしました！」

フェルナンが困惑したように眉をひそめた。

「偵察なんだから、そういうふうに上官に接するようにされては……困る」

「兄妹みたいな感じですか？」

「いや、恋人同士として、敬語はなしで親しみを持って接してほしい」

「わかりました！　恋人の演技ですね！」

「演技ではなく、本当に恋人になろうか」

——そのくらい、完璧に演じろということね。

「はい。その意気込みで臨《のぞ》みます！」

「だから、それだと上官だから」

そんなやり取りを繰り返しているうちに目的地に着いた。

アネットが窓外に目を向けると、緑に囲まれた大きな円型の建物があり、めかしこんだ人々でにぎわっている。

「まあ！　あれがティーガーデンですか？」

「そうだ」

と、フェルナンが扉を開けて先に降りると、馬車の中に手を伸ばし、アネットの手を取った。

こんな侍従みたいなことを王太子にしてもらうなんてあってはならないことだが、今は平民男性が恋人の女性をエスコートしている演技だから、なりきるしかない。

そんな決意をして、アネットは馬車から降りる。

「私は今から恋人の仮面をかぶります！」

「仮面じゃなくていいよ」

——そうよ。仮じゃなくて本物になる気概で臨まないと！

「フェルナン、今日はここで何をするの？」

アネットは思いっきり笑顔を作り、顔を覗《のぞ》き込《こ》むように見上げた。

フェルナンが少し驚いた表情になったあと、「まずは甘いものを食べよう」と、うれしそうに目を細めた。

——そんな顔をされると、ときめいちゃう。演技なのに……。

ティーガーデンでは、建物を囲むように白いテーブルと椅子が置いてあり、家族やカップル、友だち同士が、それぞれのテーブルで飲食を楽しんでいる。

フェルナンは木陰の小さなテーブルを選んで座り、メニューをアネットのほうに向けてきた。

「何にする？　ほら、ケーキもあるよ」

「では、イチゴタルトと、このフラワーティーで」

アネットが指差しながら答えると、フェルナンが「わかった」と答え、給仕に注文を伝える。

その間、アネットは周りを見渡していた。

皆がこちらを見てひそひそ話をしている。王宮舞踏会では、フェルナンが王太子だから、こんな反応をされるのかと思っていた。実際、そういう面もあるのだろうが、やはりこの外見だと、何者か知られなくても注目を浴びてしまうようだ。

――新たな発見ね。

しばらくフェルナンとたわいのないおしゃべりをしていると、給仕がやって来て、アネットの前にタルトとティーを出し、フェルナンの前に、真っ黒な飲み物を置いた。

アネットはカップの中を凝視する。

「もしかして、これ、コーヒー？」

今世でコーヒーを見たのは初めてだった。

「少し苦いけどコクがあって美味《うま》いよ」

フェルナンが少し口にして、ソーサーにカップを下ろした。

「うん。結構いける。飲んでみる？」

――間接キスってこと？

「い、いえそんな……。私ごときがいただくなんて、申し訳ないです！」

アネットが顔の前で手をぶんぶん振ったら、彼の唇が「コイビト」と動いた。

――いけない。また部下になっちゃったわ。

「ひ、ひと口いただけるかしら」

と、アネットは肩に掛かった髪の毛を払って余裕を見せ、片目を瞑ってみる。

「それが恋人のイメージ？」

フェルナンが可笑《おか》しげに笑っている。

「だ、だって……恋人なんていたことがないから！」

「じゃあ、俺が初めての恋人になってやろう」

フェルナンがアネットの唇に縁《ふち》が触れるぐらいのところまでカップを差し出してきた。

――え？　殿下に飲ませてもらうってこと？

慌てて一口飲んでみるが、あまりの苦さに、すぐに唇を離す。

そういえば、前世でコーヒーといえば、ミルク入り缶コーヒーを飲んだことがあるだけだった。アネットは慌ててタルトを口に運び、コーヒーの味を消した。

すると、フェルナンが笑いを含んだ声で、こう言ってくる。

「最初はそう思うかもしれないけど、慣れれば癖《くせ》になる味だよ」

「私は慣れなくていいわ」

「見ろ」と、フェルナンが急に言ってきたので、彼の視線の先に目を向けると、隣のテーブルで、女性が男性にケーキを食べさせている。

——平民の恋人同士のように、ああいうことをしろという指令ね！

アネットは早速、フォークでタルトの一角を切り崩した。

「甘いもの、大丈夫？」

「今日だけ大丈夫」

——今日だけ？

アネットが一片のタルトをフェルナンの口に持っていくと、彼の薄くもなく厚くもない唇が開いて、ぱくっとフォークごと咥《くわ》えた。

——こういう仕草ですらセクシーなんだけど……どういうこと？

「甘いものをおいしいと思ったのは、これが初めてだ」

フェルナンが上唇をぺろりと舐めた。

——いよいよセクシー！

それにしても、初めておいしいと思ったのが、これだなんて理解に苦しむ。このタルトも十分おいしいが、宮殿で供されるタルトは見かけも味ももっと趣向が凝らされている。

——王太子様には、Ｂ級グルメが新鮮なのかな。

「口紅、また取れてきてるよ？」

アネットは慌ててハンカチーフで口もとを隠した。

「取れないように食べる練習をしないと」

「アネットはもともと唇が赤いから口紅なんか必要ないんだよ」

「でも、素顔を見せるなって前、言っていたわ」

「それは……俺以外の男には、という意味だ」

ぶっきらぼうな言い方とは裏腹に、頬に赤みがかかったような気がするが、気のせいだろうか。彼がハンカチーフを取り出し、アネットの唇をこすってくる。

「ほら。可愛い唇が現れた」

「か……可愛いだなんて……」

——殿下の恋人になる方は幸せ者だわ。

「眉だって、本当はもともとのほうが可愛い」

眉毛と目の周りもハンカチーフでごしごしされた。

——今日は、強気メイクである必要ないものね。

「さあ、踊ろう」

庭園では、皆が好き好きに踊っている。王宮舞踏会のように型が決まっておらず、心から楽しんでいる様子だ。

フェルナンが立ち上がってアネットの手を取った。

「はいっ」と元気よく答え、アネットは彼の手を握って起立する。

音楽は、舞踏広間のようにオーケストラではなく、バイオリンだけだが、踊るには十分だ。

フェルナンはアネットの腰に手を回し、ターンしながら、人が少ないところに導くと、アネットを持ち上げてくるりと回った。

「きゃあ」

驚いて声を上げたが、宙に浮いた状態で回されるのは最高に気持ちよかった。そんな気持ちがフェルナンに伝わったのか、「今度はギリギリまで倒すぞ」と、アネットの背を支えてえび反りにした。

視界に青い空が広がったと思うとすぐに遮られる。

青空よりも美しいサファイアのような瞳が眼前に現れたからだ。

——屋内で見るより、ずっと美しいわ。

フェルナンの顔がさらに近づき、唇が触れそうになったところで、ぐいっと上体を起こされる。

「こういうフェイント、好きみたいだな?」

「ええ。すっごく楽しい！」

手を使ってターンをうながされ、アネットは彼に合わせてステップを踏んで回る。

「すごく勘がいいね。めちゃくちゃなダンスなのに、ついてきてくれてる」

「リードするフェルナンが上手なんだわ」

これは本音だ。フェルナンが繋《つな》いだ手と、アネットの腰に置いた手で、次はどう動いてほしいのかをわかりやすく伝えてくれる。

「もうすぐ曲が終わるな」

アネットは再びふわりと浮かんだ。腰を持ち上げられ、くるくる回された。

「目が回る！」

フェルナンが、少年のように屈託なく笑っている。いつもきりっとしている彼が、こんなふうに笑えるなんて思ってもいなかった。

曲が終わると同時にアネットは下ろされる。

「楽しかった！」

アネットがそう言うと、フェルナンが満足げに微笑んだ。

「俺も……こんなに楽しいダンスは初めてだ」

「そういえば、フェルナンは普段、あまり踊らないわね？」

「ああ。俺が誰と踊るかは、政治案件になってしまうから、踊らないようにしているんだ」

——王太子様って、人とは違う大変さがあるのね。

「……本当は、こんなにお上手なのに」

「いつか、王宮《あそこ》でも、アネットと踊りたいな」

「私、これからダンスの特訓をするつもりなの。ソランジュ様の侍女としてちゃんと踊れないと恥ずかしいと思って」

フェルナンが少し意外そうな表情になったあと、口角を上げる。

「そうか……そんなふうに思ってくれる侍女がいてソランジュは幸せ者だな」

この仕事を紹介してくれたフェルナンに褒められ、アネットは、いよいよ立派な侍女になろうと決意を新たにしたのだった。


ダンスの特訓を心に誓ってからまだ二日しか経《た》っていないというのに、王宮舞踏会で、アネットが怖れていたことが起きた。

国王の庶子であるシルヴァンに、ダンスに誘われてしまったのだ。

彼はフェルナンより一年先に生まれたが、愛妾との間にできた子であるため、王位継承権を持たず、マンディアルグ公爵と呼ばれている。

とはいえ国王の息子にして公爵である。『私、王女様の番犬なので』と無碍《むげ》に断るわけにもいかず、「ダンスが苦手なので、ご迷惑をおかけしてしまいます」と、本当のことを告げた。

だが、シルヴァンは諦めてくれなかった。

「またまたご謙遜を。王女様付きの侍女がそんなわけないだろう？」

そう言って不遜な眼差しでソランジュを一瞥する。

——ソランジュ様にまで飛び火が！

どうしたらダンスをせずに済むのか。

彼はがっしりとした体格の異母弟《フェルナン》とは印象が真逆で線が細く、銀髪に青灰色の瞳はファンタジックで人間離れした美しさがあった。

——そういえば、公爵様は、王太子様と女性人気を二分しているとか！

アネットはくるっと隣の侍女に顔を向ける。

「公爵様が踊りたいそうですわよ！」と言いつつ、表情筋を駆使することで『タスケテ』というメッセージを発した。

それなのに、その侍女が答える前にシルヴァンがこう強調してくる。

「私が誘っているのはアネット嬢だ」

もしかして異母兄妹で仲が悪くて、王女に恥をかかせようとしているのだろうか。とはいえ、侍女ごときが断ったとなると、そのことで王女に迷惑をかけかねない。

アネットはごくりと唾を飲む。

「不釣り合いと思い、恐縮しておりましたが、私でよければ……光栄に存じます」

——せめて、少しでもましに踊りたい。

顔をシルヴァンに向けたまま、彼の背後で踊る令嬢たちを遠目で観察した。アネットも四年前まではダンスを習っていたが、今の宮廷ダンスは当時から様式が一変してしまっているのだ。

——右足を出して退《ひ》いて、左足を前に出して横に動き、相手の脚の間に右足で踏み込み……。

「では、お手を」

シルヴァンが手を差し出してきて、アネットが彼の手に手をのせようとしたとき、急に大きな手が現れて手を取られる。

見上げれば、フェルナンがいた。

「兄上、ソランジュの侍女に興味を示すなんて珍しいですね。ですが、アネット嬢は私との先約がありましてね？」

いつか王宮で踊りたいとフェルナンに先日、言ってもらったものの、ダンスの練習は来週スタート予定だ。

——殿下にまで恥をかかせてしまうわ！

アネットが背伸びしてフェルナンの耳に口を近づけると、彼が少し屈《かが》んでくれた。

「実は私、正式なダンスを習ったのは四年前が最後で、それで先日、これから特訓すると申していたのです」

「わかった。今、話しているふりをして少し見学しよう。ほらあのふたりは上手だから参考になる」

三十前後くらいの夫妻が息の合ったダンスを繰り広げていた。

「一、二、三でリバースターン、左足を下げてナチュラルターン。腕の動きは俺に合わせて。足の動きは言葉で伝える。この間のめちゃくちゃなダンスについてこられたんだから、アネットなら余裕だよ」

勇気づけるように微笑みかけられれば、アネットは急にできる気がしてきた。

フェルナンがアネットの手を取って、踊る紳士淑女の中に入っていくと、皆が離れていくものだから行き先に道ができる。彼が立ち止まれば、大きい空間ができた。

――ひぃー！　注目の的じゃないの。

フェルナンが手を握ってきて、もう片方の手を背に回した。真剣な表情と相まって、それだけでゾクッと甘い快感に包まれる。

だがそんな感覚に酔っている余裕などなかった。

「一、二、三……行くよ？」

フェルナンは繋いだ手で進むべき方向を、背中に置いた手で躰の向きを教えてくれた。

「次は右足を退いて」

彼の指示はだんだん少なくなっていき、何度か繰り返していくうちに、何も言わなくなった。

アネットの頭の中で音楽だけが響き渡り、彼の手に導かれるまま、進み、回る。

まるで彼と溶け合っていくようだ。

あっという間に曲が終わり、しばらく呆然としていた。

「アネット、すごく上手だった」

フェルナンに声をかけられ、アネットは慌てて腰を落として礼をする。

彼がアネットの腰に手を回し、ソランジュのほうへと歩を進めながら話しかけてきた。

「全然ブランクを感じさせなかったよ？」

「ありがとうございます。殿下のリードが巧みでしたから……私まで上手《うま》くなったような気がしました」

「基礎がちゃんとしているんだ」

元いたところに戻ると、ソランジュと談話していたシルヴァンが、ワイングラスを掲げる。

「お帰り。アネット嬢、今度は私と踊ってもらうよ？」

すると、フェルナンがアネットの肩を抱き寄せる。

「アネットはもう疲れたから無理です」

驚いてアネットがフェルナンを見上げると、また不機嫌な顔になっていた。

――ティーガーデンでは笑ってくれたのに……。

異母兄《シルヴァン》と仲が悪いのだろうか。

シルヴァンはアネットに視線を送ったあと、なぜかフェルナンに含意のある眼差しを向けた。

「へえ？　こんなこと初めてかもしれませんね？」

――初めて？　何が？

第三章　嫉妬こそ恋の媚薬《びやく》

フェルナンの朝は早い。

昨晩、夜遅くまで舞踏会があったというのに、今日も早朝、遠乗りに出かけた。

妹との朝食後は、接見や会議など、父王の公務に付き添い、その合間に自身の仕事をこなしている。

夕方になると、近衛兵相手に剣の稽古だ。

実は、早朝の遠乗りと夕方の稽古という日課が始まったのは、最近のことだ。

これは、より速いスピードで駆けられるようになりたいとか、剣の腕を上げたいとか、そういった前向きな理由では決してなかった。

そもそもフェルナンは身体能力が優れており、王太子として求められるレベルを遙《はる》かに超えていて、こんな鍛錬は必要ないのだ。目的はあくまで自身を疲れさせることである。

彼には身体を疲弊させる必要があった。

というのも、ここひと月ほど毎晩、アネットを、自身の膝上に乗せて授業を行っている。つまり、好きな女のやわらかな尻が大腿に当たっている状態で、情欲を押さえつけないといけないのだ。

――しかも、アネットが筆を執《と》るたびに、尻が微妙に動くんだ。

それなのに手を出せないなんて、こんな苦行があるだろうか。

苦悩を断ち切るように、フェルナンは空《くう》を切り裂く。

――バティストは避妊だなんだとけしかけてくるが、あいつは何もわかっていない。

食事も教育も碌に与えられない実家にいた四年間、アネットは、いつか誰かに教えてもらえる日を夢見て、理解できないところに紐を掛けてきた。

そんな実家でも勉強を諦めずに独学で頑張ってきたアネットのことを思うと、愛《いと》おしさで胸が苦しくなる。

その夢が叶《かな》った大切な時間に、不埒《ふらち》な真似《まね》などできるわけがない。

そんなわけで、うっかり手を出したりしないように、フェルナンは朝夕、体力を消耗させているのだ。

――絶対に手を出すものかー！

そう決意するたびに、剣を振るうフェルナンの気迫が増す。

と、そのとき、女性たちのしゃべり声が聞こえてきて、練習相手の近衛兵に隙ができた。

――今だ！

フェルナンが、相手の刃を思いっきり跳ね上げると、剣が彼の手から離れて宙を舞う。

「お見事です、殿下！」

バティストが脇でそう讃《たた》えたあと、少し離れたところにある東屋《ガゼボ》に視線を向けた。ソランジュとその侍女たちが稽古を見物しに来ていた。

フェルナンは一瞬にして、その中にアネットがいないことを視認する。

――今日は勤務日なはずだが？

病気にでもかかったのではないかと気になり、妹たちがいる東屋《ガゼボ》のほうへ早足で向かう。

「お兄様、お見事でしたわ」

そう称《たた》えるソランジュの隣に腰を下ろし、フェルナンは耳打ちする。

「アネットはどうした？」

途端、ソランジュの瞳が細まった。いやらしい笑みだ。

フェルナンがときどきアネットの様子を聞くのはあくまで、仕事を斡旋した者として責任感を覚えてのことなのに、何を誤解したのか最近、ソランジュはいちいちこういう反応をするようになった。

――十七歳がする表情か。

「アネットったら、本当に可愛らしいのよ。私に恥をかかせないよう、ダンスが上手くなりたいって、今、小ギャラリーで練習中ですの」

「早速、練習しているなんて、さすがアネット」

フェルナンが気分をよくしたところで、ソランジュがこんな気になることをつけ加えてきた。

「でも、お兄様よろしいんですの？　教師はシルヴァンお兄様ですのよ」

こういうときに限って、ソランジュはいい笑顔だ。

「……それを早く言わないか！」

そもそも、ダンスが習いたいなら、ともに踊ったフェルナンに頼めばいいではないか。

彼はその足で急ぎ小ギャラリーに向かった。


「一、二、三……」

小ギャラリーは、小規模な舞踏会や晩餐会《ばんさんかい》が行われるような広間で、ふたりで踊るにはもったいないぐらい広い。

そんなことを思いつつ、アネットはシルヴァンにダンスを習っていた。

昨晩の舞踏会で、シルヴァンが『今度ダンスを教えてあげるよ』と告げてきたときは、てっきり社交辞令だと思っていたのだが、ついさっき、彼がアネットの居室まで、練習しようと誘いに来た。

しかも、『甘いものが好きなんだって？』と、お菓子までプレゼントしてくれた。

――王太子様といい、どうして私が甘党ってばれているのかしら。

以前、フェルナンがボンボンショコラを持ってきてくれたとき、彼に似つかわしくない花柄の包みを手にしていた姿を思い出し、アネットは笑いそうになってしまう。

ちょうどそのとき、乱暴に扉が開き、フェルナンが現れた。珍しく軍服姿で、激しい運動をしたあとのように肩で息をしている。

アネットより先にシルヴァンが反応した。

「慌てたご様子でどうしたんです？」

「兄上、昨晩といい、今といい、ソランジュの侍女にちょっかいをかけて……どういうおつもりです？」

「ソランジュの侍女……侍女ですか。私にとってアネット嬢は誰かの侍女ではなく、アネット嬢ですけどね？」

シルヴァンがアネットのほうに顔を向けて微笑みかけてくる。

――男にしとくのが惜しいわ。

女神のような美しい笑みを目の当たりにしてアネットは「はい。私はアネットです」と、間抜けな返事をしてしまう。

フェルナンが、不機嫌そうに大股で歩いてくる。

「なら、なおさらです。アネットはいただいていきます。今夕は私との約束がありましてね」

――え、ええ⁉

こんなに親切にしてくれたシルヴァンに、またしても不義理をすることになりそうだ。

フェルナンに腕を取られ、アネットは引きずられるようにして扉のほうに連れていかれる。

だが、シルヴァンは怒ることもなく、相変わらず口もとに笑みをたたえていた。

――なんて心が広いのかしら。

完璧王太子が完璧でないことを、さすがに異母兄はわかっているらしい。

――私だって知っているぐらいだもの。

回廊に出ると、フェルナンは、人の背丈の三倍もあろうかという重い扉をものすごい勢いで閉じた。恐るべき腕力である。

フェルナンが繋いだ手に、もう片方の手を重ね、向き合ってきた。彼は不機嫌を通り越して怒っているように見える。

「アネット、君は男に誘われたら誰にでもついて行くのか？」

「えっ」

「誰にでも、というわけではないです。信用できそうな方だけです」

「見る目がなさすぎだ。今日も勉強するぞ」

――やっぱりお兄様と仲が悪い？

「先約ってそのことだったんですか？　でも、いつもは夕食後でしょう？」

「気が変わったんだ」

――やっぱり、今日のフェルナン様、変だわ。

フェルナンも自身がこんなにも自分を律することのできない男だとは思ってもいなかった。

ただ、シルヴァンに手を握られたアネットを見たら頭に血が上ってしまったのだ。

異母兄は女に事欠かないし、色気のある女が好みである。彼がアネットに近づくのは、フェルナンが気に入っていると見てのことだ。

シルヴァンの前では、アネットに興味のないふりで通すつもりだったのに、もう隠しようがない。

――アネットは俺の弱点だ。

その弱点を知ったシルヴァンは、どう出るつもりなのか。

そんなことを考えているうちに、アネットの居室の前に着く。

――しまった。ずっと無言になっていた。

アネットが解錠したので、フェルナンは扉を開けて彼女を先に通すと自身も中に入る。

「衛兵がいないから」と、フェルナンはアネットの手から鍵を取り上げ、内側から施錠した。

小ギャラリーに向かうとき、衛兵について来ないよう指示をしたのだ。

アネットがじっとフェルナンを見上げてくる。

「わ、私……誰でも部屋に入れるわけじゃないですから」

困ったように上目遣いで言われた。

――なんだ、この破壊力は……。

「そうか……ならよかった。悪いやつもいるから気をつけたほうがいい」

「……少しお待ちください」

彼女が早足で奥にある机に向かうと、ハンカチーフを手に取って戻ってきた。

「あの……ご趣味に合うかわかりませんが……顔を拭いてくださったハンカチーフ、洗って刺繍をしたので……よろしかったらどうぞ」

「刺繍？」

広げてみると、王家の紋章に描かれているドラゴンが炎を噴いていた。ドラゴンは紋章そっくりで、炎は複雑な形をしていて芸術的ですらあった。

「すごい……刺繍も得意なんだな」

「も？　ほかに何かありましたでしょうか」

「乗馬も勉強も、さっきはダンスだって上手だったよ？」

「勉強は……先生のおかげです」

照れたように微笑まれ、フェルナンは抱きしめたくなるが、ぐっとこらえてこう告げる。

「そう言われたら、授業をしないわけにはいかないな」

「ありがとうございます。でも、お腹がすいたら、こちらをどうぞ」

アネットがローテーブルにハーブティーとお菓子を出してきたので、いつものようにひとつの椅子ではなく、長椅子に並んで座ることになる。

膝上は気持ちよすぎて却って苦行になるので、今後はこうしたほうがいいかもしれない。

「俺はお茶だけでいい」

そう言って、自分の皿のタルトをアネットの皿に移す。

「お菓子以外に今、食べ物がなくて……」

「気にするな。俺が勝手に時間を変えたんだ。アネットの夕飯の時刻には出ていくから」

「私はお菓子があれば大丈夫ですから、いつものようにたくさん教えてください」

――なんという向上心！

とはいえ、自身の狭量のせいで、好きな女が夕食を食べ損ねるのかと思うと、フェルナンは自分の未熟さにうんざりしてしまう。

――それにしても茶が美味い。

ただのハーブティーもアネットが淹《い》れたと思うとおいしく感じるから不思議なものだ。

フェルナンは飲むといえば、あくまで水分補給が目的で、いつもは素早く飲み干すのだが、アネットが遠慮なく食べられるよう、ゆっくりとカップを傾けた。

アネットがおいしそうにタルトを頬張《ほおば》っている。

実家では、菓子など食べさせてもらえなかったのだろう。

そう思うと、胸がきゅっと締めつけられた。なぜもっと早く出逢って救ってやれなかったのかと、後悔しかない。

「今度来るときは、タルトを持ってくるよ」

「そ、そんな……お気遣いなく。先日のボンボンショコラも大変美味でございました」

フェルナンが王太子だと思って遠慮しているのだろう。いつかあの花火大会のときのように屈託なく話してくれる日が来るのだろうか。

「そういえば、アネット、すごく乗馬が巧《うま》かったな」

――いい馬を買ってやる。

と喉まで出かけてやめた。アネットのことだ。王太子からもらうわけにはいかない、とか言い出すのが関の山だ。

「……今度、馬を貸してやるよ。本当にいい馬に乗れば、もっと速く駆けることができるからな」

アネットの目が輝いた。

「いいんですか……？　乗ってみたいです。実家では毎日のように馬に乗っていましたから」

「そうか。ここでも毎日のように乗ればいい」

「あのときは居場所がなくて外に逃げるためだったから、ときどきでじゅう……ぶ……ん」

アネットが急に自身の胸を押さえてよろめいたので、フェルナンは彼女の肩に手を回して支える。

「どうした？　体調が悪いのか？」

「熱っ……触らないでくださ……」

アネットがフェルナンの手を肩から払いのける。

「熱い……？」

アネットがびくっと躰をしならせ、長椅子の肘掛けにしなだれかかった。はぁはぁと荒い息を漏らす彼女の顔は火照り、横目でフェルナンを見る瞳がトロンとして、とてつもなく色っぽかった。

――調子の悪い女性に色気を感じるなんて……俺はどうかしている。

「どうした？　座っていられないくらい気持ちが悪いなら、俺の侍医のところに連れていってやる」

フェルナンが抱き上げようと腰に手を回すと、「だめ！」と小さく叫ばれた。

「腰が痛むのか？」

「ち……ちが……殿下に触られると……余計……熱く……な……る……」

「俺に触られると……？」

「しかも、ここがむずむずするんです」

アネットが下腹を押さえた。

フェルナンはごくりと唾を飲み込む。

――この現象は……最近、読んだ。

避妊法が載っているとか言ってバティストが寄越《よこ》した『性について知っておくべき三十の事象』という書物の二十五項目『媚薬』だ。

チェックポイントは、頬の紅潮、濡れた瞳、荒い吐息、下腹の疼《うず》き、男性に触られると熱く感じること――。

――全て当てはまっている！

皿に盛ったタルトは、すでに平らげられていた。

「アネット、このお菓子はどこで手に入れたんだ？」

「公爵……さまが、さっき……」

「なんだと？」

そのとき、ノック音が響いた。

「アネット嬢、シルヴァンだよ。何かお困りじゃないかな？」

――あいつ……媚薬が効いたころを見計らって来たな。

「アネット嬢、いるんだろう？」

その声のあと、扉を引くような音がしたが、鍵がかかっているので開かなかった。

アネットが返事をしようと口を開けたので、フェルナンは咄嗟《とっさ》に手で覆う。すると、「うぅ」と呻《うめ》き声が漏れた。

本当に口を塞ぐとなると、もっと力をこめなければならないが、そうしたら、この小さな顔が壊れてしまいそうだ。

頬を紅潮させ、涙を滲《にじ》ませたアネットをじっと見つめてから、「許せ」とだけ言って、フェルナンは自身の唇で口を封じた。彼女の小さな口内に舌を潜り込ませる。

すると、どうだ。アネットの瞳はとろけるように細まり、フェルナンの舌に舌をからませてくるではないか。

フェルナンは片腕で彼女を抱き起こした。

すると、アネットが背に手を回してくる。

――俺を抱きしめたかったのか？

あまりの悦《よろこ》びに、雄芯が一気に張りつめると同時に、理性が警告を発してきた。

――一刻も早く離れろ。止まらなくなるぞ。

だが、好きな女とのくちづけはとてつもなく甘美で、離れるどころか、夢中で舌をからめてしまう。

しばらくすると、それだけでは満足できないとばかりに、アネットが脚をもぞもぞと動かし始めた。

媚薬で火照《ほて》った躰を鎮めるためには、快感を絶頂まで引き上げて達《い》かす必要があると、本に書いてあった。

フェルナンが唇を外すと、アネットの躰から力が抜けていく。手をだらんと垂らし、彼の腕にもたれかかった。

アネットが、はぁはぁと荒い息を漏らしている。部屋はもう薄暗くなっていた。だが、居留守を使っているので蠟燭に火を点《つ》けるのは、しばらく我慢だ。

そのとき、裾を引っ張られる。

「殿下ぁ……もっとぉ……」

アネットが涙目で懇願してきた。

あまりの艶《なま》めかしさに、フェルナンは息を呑んだ。片腕で彼女の背を支えたまま、もう片方の手で両脚をまとめて持ち上げ、自身の大腿の上で横抱きにするやいなや、くちづける。

口を塞ぐという目的がなくなったので、ようやく、ちゅ、ちゅ、と顔の角度を変えて、彼女のやわらかな唇を堪能することができた。

だが、媚薬が効いているアネットが、くちづけぐらいで満足するわけがない。

「ぁあ……殿下ぁ、全身が……どんどん……熱く……熱いんです……どうしたら……?」

「楽にしてやる……だが、やめてほしかったらそう言うんだ。いいな?」

フェルナンは再び彼女の小さな唇を貪りながら、手を胸に置いたが、硬い。這《は》い上げると、乳房がはみ出している部分だけがやわらかかった。

——コルセットめ……。

例の本には、女性を達《い》かせるために可愛がるポイントが三つあると書いてあった。そのひとつが胸の先だ。

「今度、買ってやるから……いいな?」

フェルナンが胸当て《ストマッカー》とコルセットをまとめて下げると、布が引き裂かれる音とともに、円い乳房が現れた。思ったよりたわわなそのふくらみは、触れればふわふわとやわらかい。

しばらく吸いつくような肌を夢中で撫《な》で回していると、中央にある芯が尖《とが》ってきた。その突起をきゅっと摘まむ。

「あっ」と、アネットが身を仰《の》け反《ぞ》らせる。

——ここが気持ちいいんだな。

フェルナンはその尖りにむしゃぶりついた。

「あ……そんな……とこ……んぁっ……はぁ」

舐められるのも悦《い》いらしい。いつも凛々しくあろうとしている彼女から、こんな甘い声が聞けるなんて思ってもいなかった。

こんな声を聞かされただけで、彼の欲望は限界突破しそうなのだが、アネットの〝初めて〟が媚薬、しかもシルヴァンの企《たくら》みによるものであっていいわけがない。

フェルナンは腕でアネットの背を抱え、乳首を舐め、啜《すす》りながらも、手をもう片方の胸と伸ばした。大きさを確かめるように持ち上げて揉《も》みながら、中央の突起を親指で優しくこする。

「あぁっ」

アネットが全身をびくつかせた。

――こんなに感じてくれるなんて。

喜びが湧き上がると同時に、これは媚薬の影響にすぎないという考えが浮かんで複雑な気持ちになる。だが、そんな葛藤を吹っ切って、フェルナンはしばらく舌と指で彼女のふたつの蕾《つぼみ》を愛撫した。

「はぁ……はぁ……あぁ……」

アネットが息絶え絶えといった様子になってきたので、フェルナンは一歩進むことにする。

乳首を咥えたまま、片手をドレスの中に突っ込む。膝から内ももへと手を這い上げているだけなのに、アネットが脚をびくびくと痙攣《けいれん》させている。

――まだ太ももなのに、もう感じている?

フェルナン自身も、彼女のやわらかな太ももに触れただけで、下腹がずんと重くなっていた。

下穿《したば》きの裂け目から中に指を侵入させたら、そこは、すでに蜜をたたえて彼を待ちかまえている。

――媚薬のせいかもしれないが……これは、俺を欲しがっている証拠だ。

「いやなら言ってくれ」

フェルナンは中指をゆっくりと沈める。

「あっ……ふぁっ……」

「気持ちいいようだな？」

そういうフェルナンこそ、温かい襞《ひだ》に指をからめとられ、トラウザーズの下では漲《みなぎ》りがはち切れんばかりになっていた。

――ここに俺自身を挿《い》れたら……どんなにか気持ちいいことか。

だが、我慢だ。

例の本に、膣壁の腹側に女性が感じやすい一点があると書いてあったので、フェルナンは指を鍵状にしてゆっくりと引き出す。

「あっ！」

ある一点を通過したところで、アネットが腰をびくんと跳ねさせた。

――ここがふたつ目のポイントか。

フェルナンが、その一点を持ち上げるように揺らすと、内壁が指にまとわりつくようにうねり始める。

「ぁ……ふぁ……殿下ぁ……だめぇ……気持ちいぃ……ぁあ……」

アネットがすがるように腕をぎゅっとつかんできた。

フェルナンは乳暈から口を離し、指は挿入したまま、自身の胸に彼女をもたれかけさせる。

「そうか……気持ちいいのか」

そう囁いただけなのに、耳に息がかかったのか、アネットがびくっと顔を傾け、肩に頬をこすりつけてきた。

「敏感になっているんだな」

「おかしいんです……殿下に触られると……どこも……かしこも…………」

フェルナンは膣内の一点をいじりながらも、彼女の耳を口に含んだ。

「んぁう……んっ」

これも媚薬の効果なのか。いや、違うはずだ。

――俺のことが好きだからだろう?

「殿下ぁ……耳だめぇ……んぁあ」

「殿下じゃない。フェルナンと呼べ」

「あっあぁ……む、無理ぃ……無理ですぅ……」

「そうか……なら、ひとりで頑張るんだな」

フェルナンは指をゆっくりと引き抜く。

「は……あぁん」

これも刺激になるようでアネットの脚がびくっと動いたが、すぐに両脚をもぞもぞとこすりあわせて物欲しそうな眼差しを向けてくる。

——こんな色っぽい表情ができるなんて……。

フェルナンは立ち上がってローテーブル上の蠟燭に火を灯《とも》した。

すると、どうだ。

長椅子にだらしなく腰かけたアネットは、胸もとが開《はだ》けており、きれいな円型の乳房の頂《いただき》はピンと立ち上がっていた。めくられたスカートの中では、下穿きの切れ目から、濡れたピンク色の蜜口がのぞいている。

とろんとした目つきの、アネットの口が小さく動く。

「やめない……で……殿下ぁ」

やめないどころか、今すぐにでも彼女の中に入り込みたいぐらいだが、フェルナンはぐっとこらえる。

「フェルナンと呼べば……続けてやる」

「お願……します……フェルナン……お腹……切なくて……もっとぉ」

アネットが身を乗り出し、涙を滲ませた瞳で見上げてきた。しかも、フェルナンの下肢にしがみついてくる。

そのとき、布越しとはいえ猛《たけ》ったものに、胸のふくらみが押しあてられた。

——殺す気か！

「わかった……アネット、楽にしてやる」

と、呻《うめ》くように答え、フェルナンはアネットが座る長椅子の前にかしずく。椅子に並んで座ったりしたら、そのまま最後まで進んでしまいそうだからだ。

「フェルナン……どうして？」

「大丈夫、気持ちよくしてやるから」

フェルナンは彼女の両膝をつかんで広げると、間に割り入った。下穿きの切れ目に手をかけ、びりっと左右に引き裂く。

そこに現れたのは蜜を垂らし、ぬらぬらと濡れた花弁で、フェルナンは迷わず、その中心に食らいついた。

「あ……でん……フェルナン……だめぇ……こんなと、こぉ……」

抵抗しているつもりか脚をばたばたさせ始めたが、頭部に太ももをこすられて気持ちいいとしか思えなかった。フェルナンはそのまま秘裂の蜜を舐め上げ、啜る。

「あ！　はぁ……私おかし……何こ……あぁん、フェ……フェルナン……」

「……もっと……呼んでくれ……俺の名前を」

そうしたら、この反応が媚薬のせいではなく、フェルナンによるものだと思える。

「……いいの？　フェルナン……、本当は呼びたかった……フェルナン……私、おかしいの」

——呼びたかったのか！

「なら呼んでくれ。おまえの前では……ただの男でいたいんだ」

——そうだ。この美しい女神の前では、俺は愛を乞うひとりの男にすぎない。

フェルナンは片手を伸ばして乳首を指先で優しくよじった。

「フェ……フェル……フェルナン……」

切なげに名を呼ばれ、愉悦にゾクゾクと侵《おか》されながらも、フェルナンは浅瀬に舌をぐぐっと押し込む。

「は……ふぁ！」

入口がひくひくと痙攣し始める。

——もうすぐか。

フェルナンは舌を出し入れしながら、蜜芽を優しく撫《な》でた。これが三つ目のポイントになる。

「あぁ！」

びくんと躰を跳ねさせたあと、アネットの全身から力が抜けていく。

——果てたか。

フェルナンは、どさっと背もたれに身を預け、彼女を抱き寄せて目を瞑る。

——早く結婚しないと……。

だが、彼には越えるべき障壁があった。

フェルナンの脳裡にエクフィユ侯爵令嬢デルフィーヌの顔が浮かび、急に萎えてしまう。現王妃は彼女の姪であるデルフィーヌとフェルナンの婚姻を熱望しているのだ。

朝起きて、驚いたのはアネットだ。

アネットのベッド上なのに、目の前にフェルナンの顔があった。

しかも、今まで見たことがないぐらい機嫌がいい。

──何、この、とてつもなく優しい笑顔！

「おはよう、アネット」

横寝で向き合っていたフェルナンがアネットの腰を抱き寄せ、ちゅっと唇が触れるだけのキスをしてきた。

──あれ？　この人、私の恋人だっけ？

「きゃっ」

アネットは自身が裸なことにやっと気づく。フェルナンは着服なのに、なぜ自分だけ裸なのか。

「昨晩のこと、覚えてるよね？」

──昨晩……？

「殿下とお茶をして……お菓子を食べて……それから……？」

その瞬間、記憶が蘇《よみがえ》った。

──『殿下ぁ……もっとぉ……』とかって、ねだってなかった⁉

アネットは全身の血の気が引いていく。

――絶対に痴女だって思われているわ！

「思い出したんだな？」

彼の声には喜色が含まれていた。

アネットは上掛けを躰に巻きつけ、そのまま土下座した。

「昨晩のことはお忘れになってください」

フェルナンが上体を起こしてアネットの手を取る。

「どうして？　忘れるなんて……ふたりの大事な思い出だろう？」

「……自分があんなにいやらしい人間だとは……。授業もおやめになってください」

「恥ずかしがることはない」

「そういう問題じゃないです。自分から求めるなんて……」

――よりによって王太子様に！

「……俺からしたらどんどん求めてほしいぐらいだ。昨日のことは気に病まなくていい。菓子に媚薬が盛られていたんだ。これでわかっただろう？　シルヴァンは要警戒だ」

「び、媚薬？　そんなものがあるんですか」

「そうだ。人を発情させる薬だ。症状を鎮めるには、ああするしかなかった。すまない」

アネットはそれを聞いて、心が楽になった。

──私、いやらしい女じゃなかった！

「そう……そうだったんですね。媚薬なら、ああなっても仕方ないですよね。今後は気をつけ……」

とまで言いかけて、フェルナンが急に不機嫌になっていることに気づいた。

──なんでいっつも、こうなるのー!?

「媚薬がなかったとしても、アネット自身が俺を求めてなんの問題がある？」

「いえいえ、殿下にそんな……不敬ですわ」

「だから、フェルナンと呼ばないか」

「ますます不敬です！」

こんな感じで結局、朝は話が噛《か》み合わないまま、フェルナンが居室を出た。今日、非番でなければ遅刻していたところだ。服がビリビリに破られていたのには閉口したが、午後には、大量のドレスが届けられる。

それは決して宝石など高価なものが使われたドレスではなく、流行を押さえつつ侍女として豪華すぎないドレスばかりで、フェルナンの配慮を感じた。

王太子自らドレスを選んだりしないとはわかっているが、これは、ほかならない彼からの贈り物だ。アネットは服を手に取り、顔に押しつけた。

と、そのとき、彼の胸に頬をすりつけたり、しなだれかかったりした昨晩のことが思い出される。

──人間、あんなに気持ちよくなれるんだ……。

授業中、フェルナンの膝に乗っているときでさえ、少し動くたびに、大腿のたくましさに快感を覚えて密《ひそ》かに悶《もだ》えていたというのに、あんな快楽を知った今、媚薬などなくてもねだってしまいそうだ。

——それは絶対にだめよ！

媚薬で苦しそうなアネットを見かねて、指どころか舌まで使って躰を鎮めてくれたフェルナン。

——症状が治まったのはありがたいけど、王太子様にあんなところを舌で舐めさせるなんて！

つくづくフェルナンは困っている人に優しいと思う。

とはいえ、媚薬を盛られてもいないのに王太子を求めたりしたら、さすがに呆《あき》れられるだろう。

恩人に迷惑をかけたくないし、嫌われたくない。

そんなわけで、アネットは夕方、出かけることにする。

——授業もやめてくださいって今朝、私、言ったもの。伝わっているはずよ。

アネットが訪れたのは王宮内にある図書館だ。立派な図書館とは聞いていたが、想像以上だった。

壁一面に色とりどりの本が並べられていて、木製の書架は美しい装飾が施されており、この空間自体を荘厳な雰囲気にしている。

見上げれば、ステンドグラスの天窓があった。その色合いは国花であるヒナゲシの赤と草木の緑、空の青がイメージされていて、幻想的なほどに美しい。

図書館に来たのは居室を空《から》にするためだけではない。それなら仲のいい侍女の居室を訪ねればいい。

フェルナンに歴史を教わったことで、もっと詳しく知りたいと思える年代ができて、前々から図書館に来たかったのだ。

アネットは歴史書が並ぶ一角で一冊一冊を吟味《ぎんみ》し、近代史の本二冊を選ぶと、目立たないよう隅のテーブルに座った。近代史となると、フェルナンの曾祖父《そうそふ》や高祖父が国王として登場する。

――子孫である王太子様に歴史を教えてもらっていたなんて……恐れ多すぎよ！

彼はいずれこの歴史書に綴《つづ》られことになる天上人である。

――勘違いしないようにしなきゃ。

そう自分を諫《いさ》めながら読み進めていると、「やあ」と声をかけられた。

シルヴァンだ。

――ここにも歴史書の主役の子孫が……。

頭を撫でるようにして毛束を取られ、アネットはゾクッとしてしまう。さすが遊び人と噂の美形王子である。

――もしかして、いろんな令嬢に媚薬入りのお菓子を贈っているんじゃないかしら。

「あのあと、フェルナンと楽しんだの？」

艶めいた声色で聞かれ、アネットは、危うく顔から火を噴くところだった。

「た？　たのし、楽しかったです。いろいろお話ししたりして」

「へえ？　昨晩訪問したときは留守だったけど？」

「王太子様がお帰りになったあとではないでしょうか。私、一回寝たら起きないものですから」

——嘘ついちゃったけど仕方ないわ。

欲情した侍女を、舌と指を使って鎮めていたなんて、王太子の名誉を考えると国家機密である。

「お菓子で眠たくなったのかな」

媚薬というのは、人によってはただ単に眠くなるだけということもあるのだろうか。

「そ、そうなんです。お菓子、おいしかったものですから、全部平らげてお腹いっぱいになってしまいまして」

シルヴァンが隣に腰かけ、本を手に取られた。ぱらぱらめくりながら聞いてくる。

「歴史の勉強をしているんだ？　すごく難しいのを読んでいるんだね」

「この時代、とても栄えていたでしょう？　その理由が知りたいと思いまして……」

「さすが、あのグランジュ子爵のご令嬢だ。お父上は博識であられた」

急に亡き父の話題が出てきて、アネットは耳を疑った。

「父を……ご存じなのですか？」

「アネットこそ知らなかったのか。亡き子爵は私の家庭教師だったことがあるんだよ？」

——お父様！

思わぬところで父親に再会したようで、アネットは驚きのあまり、口を手で押さえる。その手は震えていた。

「ち……父は私が十四のときに亡くなったものですから……あまりお仕事の話を聞く機会がなくて

……父のこと……教えていただけませんでしょうか」

「……私が知っていることなら、なんでもお話ししよう」

それからシルヴァンは、アネットの知らない父のことをたくさん教えてくれた。

父が重きを置いたのは近代史だったそうだ。シルヴァンが王子だったためか、国が危機に陥《おちい》ったとき何が問題だったのかを詳しく解説してくれたので、シルヴァンは今起こっていることと過去を重ねることで、今後のことを予測できるようになったと言ってくれた。

「この国にとって惜しい方を亡くした」

アネットは感極まってしまう。

「あ……ありがとうございます」

没落した子爵家の娘として、自分の家に自信を持てず、つい卑屈になってしまいがちだったが、これからはもっと誇りを持っていこう。

「私としても、お父上の恩に少し報えたようでうれしいよ」

「父の名に恥じないよう、勉強を頑張りたいです」

と、そのとき、つかつかと早足で近づいてくる音が聞こえてきた。

「アネット、ここで何をしている?」

フェルナンが、アネットとシルヴァンの間で立ち止まる。

アネットは慌てて立ち上がり、腰を落とす挨拶をした。

「近代史をもっと知りたいと思い、図書館《ここ》に本を借りに来ました」

フェルナンが、テーブルにあった二冊の本をつかんで小脇に抱え、アネットの手を引いた。

「もう借りたのなら、ここで読む必要はないだろう？　兄上、失礼いたします」

シルヴァンが呆気《あっけ》に取られていた。

――またしても公爵様に失礼なことをしてしまったわ～！


「どういうことだ？」

アネットは自室に着くなり、フェルナンに、ベッドに押し倒された。

「え？　あのどういうことって……？」

仰向《あおむ》けのアネットの両脇に手を突き、フェルナンが顔を近づけてくる。

――睫毛……思ったより長い……って、この期《ご》に及んで私ったら、何を！

「媚薬を盛るような奴《やつ》に近づくなんて……」

確かに、そう誤解されても仕方ない状況だ。

「偶然、図書館でお会いしただけです」

「俺との勉強の約束を反故《ほご》にしてまで？　シルヴァンのことが気になっているんだろう？」

フェルナンが眉間に皺を寄せ、顔を近づけてきたものだから、アネットはすくみ上がってしまう。

「そ……それはありません……本当に、たまたまなんです」

「なら、媚薬なんか使わなくても、俺に触られたら感じるってことを教えてやる」

――どうしたら『なら』になるのよ～！

「ひゃ」

彼が耳を食《は》んできた。しかも耳朶《じだ》を舐《な》め回される。

「あ……そこ……だめ……へ、ん……わた、し」

全身がゾクゾクする。

「ほら……もう俺に感じている」

フェルナンが高く筋の通った鼻梁を傾けて唇を重ね、舌でアネットの口をこじ開ける。肉厚で大きな舌がアネットの中を這《は》い回った。

「……ん……ふぅ……ん」

喉奥から声が漏れ出し、頭の奥がじんじんしてくる。

くちづけしながら、フェルナンはアネットの胸当て《ストマッカー》の中に手を押し込み、掌《てのひら》で乳房を撫で回す。しこった先端が、がっしりした手に転がされるのがたまらず、アネットは首を反らした。

ぷはっと水中から出てきたときのように唇が外れる。

フェルナンがアネットを愛おしむように頬ずりしてきた。

「アネット、俺たちの間で服は邪魔だと思わないか」

陶然としていたアネットだったが、急に我に返る。

「そ、それは……」

「俺も脱ぐからアネットも……」

言いながら、フェルナンが上体を起こし、丈長の上衣《ジュストコール》を脱ぐと、ベッド脇の椅子に放った。背筋を正したまま、下目遣いでアネットを見ながら、まずはベストの釦《ボタン》を、次に白シャツの釦を外していく。

——な、何この色気……！

ベストとシャツをいっしょくたに取り去ると、いきなり鍛えあげられた上半身が現れた。

——筋肉すご……って、眺めてる場合じゃ……こ、心の準備が……！

アネットは恥ずかしくなって顔を背けてしまう。

「可愛いな。顔が赤くなっているぞ」

「だ、だって……真っ暗じゃないんですもの」

「なおさらだ。互いが見えなくなる前に愛し合おう」

フェルナンがアネットの左右に膝を突き、胸もとを覆う白いモスリンのスカーフをつかむ。節くれだった大きな手だ。その長い指が慣れぬ手つきで彼女の襟ぐりからスカーフを引っ張り出すさまに、なぜか萌《も》えてしまう。

王女のドレスを脱がすのはアネットの役目だ。

「殿下が、そんなことをなさるなんて」

「殿下じゃない。フェルナンだ」

フェルナンが、咎《とが》めるように胴部分の編み上げ紐を引っ張ってくる。

「フエ、フェルナン様」

鳩目《はとめ》穴全てから紐が外され、前身頃を左右に剥《む》かれ、コルセットが現れた。

「様もいらない」

フェルナンがコルセットから乳房を引き出し、その頂点を強く吸ってくる。

「あ……フェルナ……ン」

「そうだ、よくできた。たくさん可愛がってやる」

片方の口角を上げたフェルナンが流し目で見てくる。それだけで、アネットは総身を甘く粟立《あわだ》たせた。

彼が、乳首の先端を指先でかすめるように撫でてくる。

――こんな触れるか触れないかって感じなのに……。

なぜだか強い快感を呼び起こされた。

「あ……ふ……うぅん」

「先だけそっと撫でるのもいいようだな。だが、アネットは舐められるのに弱い」

フェルナンに乳首ごと胸を舐め上げられ、アネットは彼の肩にすがる。すがっておいて驚く。布越しではなく直に触れた肩が、思ったよりがっしりしていたからだ。

直《じか》の接触はフェルナンも気持ちいいと思ったようで、こんなことを言ってくる。

「細い指だな……やっぱり全部脱がせたい……もっと触れ合いたい」

そこからは速かった。フェルナンはアネットをうつ伏せにすると、背中の編み上げをものすごい勢いで外し、上着とコルセットをいっしょくたに剥《は》ぐと、ドレスとパニエも外したものだから、アネットは、あっという間に、シュミーズと下穿き、ストッキングだけとなる。

「コルセットなんかする必要ないのに。躰のラインがこんなにも美しいんだから……」

アネットは、恥ずかしくて何も答えられず、うつ伏せのままでいた。

「アネット……君と……ずっとこうしたかった」

フェルナンがアネットを抱き起こし、ベッドから引きはがすと、自身の大腿の上に座らせる。彼はトラウザーズだけになっていた。

アネットは胸板に手を伸ばす。意外にもすべすべとしていた。

——筋肉って、もっと硬いかと思ってた〜！

アネットはつい撫でてしまう。

「アネットも俺の躰、気に入ってくれたのか？」

——ええー？

気に入ったと答えるわけにもいかず、アネットは固まってしまう。

「真っ赤になって可愛い……でも言うんじゃなかったな。手が止まってしまった」

「撫でられ……たいのですか？」

「アネットに触られただけで幸せな気持ちになれるんだ」

真顔でこんなことを言われて、アネットは、どうしたらいいのかわからない。

「触ってくれないのか？」

「は、はい！　喜んで」

つい、ナンバー2《ツー》根性でアネットは彼の胸板をさすりまくった。すると彼の躰が震え出す。

「色気がなさすぎだろう」

フェルナンが笑ってくれたので、アネットも自然と笑顔になる。

「今度は俺が撫でよう……」

フェルナンがシュミーズをたくし上げて、アネットの頭から抜く。

「……と思ったけど、無理だ」

その意味はすぐにわかった。フェルナンがぎゅっと抱きしめてきたのだ。

——あ、幸せ……。

フェルナンはアネットより温かく、大きく、この世で何も怖いものなどないような気を起こさせる。

アネットはもっとひっついていたくて彼の背に手を回した。自分の手と手が合わさることのない大きな背中だ。

「アネットも抱きしめてくれるんだ？」

「うん。気持ちいい」

自然とアネットの言葉から敬語が消えていた。

「俺も……気持ちいいし……幸せだ」

「フェルナンも？　私も今、すごく幸せって思ってた……」

アネットは彼の首に頬をすりつける。すると胸板に圧された乳房がこすれ、胸の先に快感がほとばしった。一瞬、躰をびくつかせてしまう。

フェルナンはそれを見逃さなかった。

「……もっと幸せになろうか？」

その声はさっきまでの優しさを含んだ声ではなくなっていた。

〝雄《オス》〟の声だ――。

「フェルナン？」

彼がアネットを押し倒し、深くくちづけてくる。アネットも自ずと舌を差し出し、くちゅくちゅと舌をからめ合った。

――気持ちいぃ。

フェルナンはくちづけながらも、乳房を手で覆い、盛り上げるように揉んでくる。その動作は緩慢で、焦れるような快感が広がっていく。

彼は、もう片方の手で乳首の先端をきゅっと強く摘まんだ。

「んっ」

アネットが喉奥で声を発すると、フェルナンが唇を離す。ふたりの間に蜜の糸が紡がれ、やがて千切《ちぎ》れる。

彼は揉むのをやめて胸の先を口に含み、舌先で乳首をもてあそんできた。

「あ……あぁ……フェル……ナ……ンッ……うぅん」

口と指で胸を愛撫され、アネットは喘《あえ》ぎ声が止まらなくなる。シーツをつかんで腰をよじることしかできない。

ようやくフェルナンが胸から口を離す。

「アネットは、双つの胸を同時にいじられるのに弱いな」

濡れた乳首に息がかかった。それだけで躰が反応してしまう。

「……研究でもする気……なの？」

「そうだ。どうやったらアネットに気持ちよくなってもらえるのか研究し尽くす」

フェルナンがキスの位置を、乳房の端に、心臓のあたりに、そして腹部へと下げていく。

「そ……そんなことしてどうする……んっ」

下腹にくちづけられたとき、腹の奥が疼いて、「うぅん」と声を漏らしてしまう。

「ほら、また見つけた。アネットはここも弱いみたいだ」

フェルナンが指先で下腹に、つつつと円を描いてくるものだから、アネットは腰を浮かせて悶えた。

「アネットが気持よがるところをたくさん探して……俺と、もっとこういうことをしたいって思ってもらえるようにするんだ」

——馬鹿ね。

そんなことをしなくても、フェルナンに優しく触れられるだけで、アネットは躰だけでなく心まで蕩けてしまうというのに、この王太子は何を言い出すのか。

彼がアネットの下腹に頬をすりつけてくる。

「アネット……おまえはどこもかしこもやわらかい」

——何……これ……お腹の奥がぎゅーってなる……。

「……ここ、相当弱いみたいだな……」

フェルナンが下腹をさすりながら、顔を上げてニッと片方の口角を上げた。その瞳には劣情が宿っていた。

——こんな眼差しを向けられたら……。

アネットはじっとしていられなくなり、彼の頭髪をくしゃくしゃとしてしまう。

次の瞬間、アネットの背筋を愉悦が駆け上り、「あぁん」と小さく叫んで、脚を突っ張らせる。

淡い叢《くさむら》の中に芽生えた小さな尖りを舌でつつかれたのだ。

前に、ここを指で撫でられたときにアネットが達したのを覚えていたのだろう。今回は、そこを舌で強く刺激しながら、下穿きをずらして足から外した。これでアネットが身に纏っているのは薄い絹地のストッキングだけとなる。

フェルナンの長い指がアネットの太ももに食い込んだと思ったら、そのまま脚を左右に広げられる。

「やぁ……みないで」

夕暮れとはいえ、まだ視界がきく。

「艶めいて、とても美しいよ」

フェルナンの視線が秘所にまとわりついているような気がして、アネットは脚を閉じようとするがびくともしなかった。

「俺にだけは隠すな」

フェルナンが太ももに舌を這わせ、垂れた蜜を舐め上げてくる。湿った舌が快楽の根源へと近づいてくる感覚にアネットは悶え、全身が淫らな熱に包《くる》まれる。

「あ……熱いの……フェルナン」

「どこが？」

フェルナンがアネットに向けた瞳は半ば閉じていて妙に色っぽく、アネットはいよいよ下腹を熱くした。

「うぅん」と答えにもならない声を漏らし、アネットが下腹に手を置くと、彼の目が獲物を見つけたように光る。

「そこを埋め尽くしてほしいんだな？」

フェルナンが躰の位置をもとに戻したので、目の前に彼の顔が来た。

「ふぇ？」

そのとき、秘裂に沿って弾力のある、ぬめったものが這い上がり、アネットは、ハッとする。

彼が今まで見せたことのない表情をしていた。

双眸を細め、眉間に皺が寄って何かに耐えているふうなのに、心なしか頬は赤らみ、悦《よろこ》んでいるように見える。

その彼が、アネットの手を取り、指を組み合わせてシーツに縫い留《と》めた。

「アネット……すごく……可愛いよ」

と、そのとき、自身の中に、ぐっと異物が押し込まれた。

「あっ！」

――フェルナン様が……中に！

浅いとはいえ、彼の切っ先が自身の内側に食い込んでいる。

フェルナンが目を閉じ、感じ入るようにつぶやく。

「ああ……アネット……ひくひくして……気持ちいいんだな？」

アネットにもその自覚があった。

「んっ……気持ち……いぃ……」

「だが、今から少し痛むかも……」

「いいの……フェルナンなら、なんでも……いいの…………ちょうだい」

「そんなこと言って、俺を……！」

彼が背中をしならせ、ぐぐっと滾《たぎ》ったもので未踏の隘路《あいろ》を押し開いてくる。

「あぁ……入って……くる……フェルナン」

「おまえの中にずっと入り込みたくて気が狂うかと……」

「うれ……し……いっ」

圧迫感とともに切り裂くような痛みが奔《はし》ったが、それより悦びのほうがずっと大きかった。

「大丈夫か？」

しかも、フェルナンが心配げに顔を覗き込んでくる。下腹が痛んだとき彼の手を強く握ってしまったので、伝わったのだろうか。

「どうしよう……私……フェルナンでいっぱいになっちゃった」

フェルナンの目が意外そうに見開かれた。

「お、おまえは本当に……！　俺をこれ以上どうするつもりだ！　動くぞ」

悪態をつくような口調だったが、彼は乱暴なことはしなかった。アネットの様子をうかがいながら、ゆっくりと退き、再びゆっくりと蜜孔を塞いでいく。それは欲望というには優しすぎる抽挿だった。

寄せては返す波のように、アネットの中で快感が波打つ。

アネットは彼を繋ぎとめるように、無意識に彼の腰に両脚を回していた。

「あぁ……そうだ……そうやって俺を離すな」

じんわりと汗のにじんだ肌と肌が吸いつくように触れ合い、抜き差しするたびに、じゅ、じゅぷっという水音が立つ。そんな淫猥《いんわい》な音を耳にしながら、自身の中にある路《みち》が雄根を離さないとばかりにまとわりついている。

だんだん、彼との境界が曖昧になっていく。

「あ……フェル……ナァ……んっ……ふぅ……あぁ」

彼が背を屈め、喘ぐ口に舌を差し入れてきた。粘膜を舌で撫で回しながらも、熱杭を半ばまで挿れて浅瀬で小刻みに揺らしてくる。

いよいよひとつになったような感覚の中、アネットは頭が朦朧《もうろう》としてくる。力が入らなくなり、彼を抱きしめていた脚がだらんと垂れた。

フェルナンが唇から口を離し、乳暈をちゅっ、ちゅぅと、わざと音を立てて吸ってくる。しかも蜜芽を指先でさすりながら抽挿を加速させていく。

アネットの口から嬌声《きょうせい》があふれ出した。

「あ……ふぁ……あんっ……んっ……あぁ！　もう……だ、めぇー」

フェルナンが胸から顔を離すと、腰をつかんでぐっと最奥まで埋め尽くす。アネットの中で何かが弾け、そのまま絶頂を迎えた。

アネットが目覚めるなり、フェルナンがこんなことを言ってくる。

「安心しろ。ちゃんと外に出したから」

——それ、避妊にならないから〜！

アネットは心の中で叫んだが、前世の知恵なので、黙っていた。

フェルナンがアネットを抱きしめ、頭を撫でてくる。

「こうしてずっと裸で抱き合っていられたら……」

——私も……。

と、心をときめかせていられたのは続きの言葉を聞くまでの間だけだ。

「そうしたら、ほかの男の目に触れさせることなく、アネットをひとり占めできるのに……」

——こわっ。

「図書館ぐらい、行ってもいいでしょう？」

「行く前に俺を誘うなら、いい」

「フェルナンは王太子様だから、気軽に誘ったりできないわ」

「……なら、王太子をやめる」

アネットは驚き、彼の胸板に手を突いて上体を離す。

「冗談でも、そんなことはおっしゃらないで」

恋愛経験のないアネットにも、さすがにわかってきた。

——王太子様ともあろうお方が、よりによってこの元ヤンに惚れている……！

前世を思い出し、自身を客観視できるようになったことでわかったが、アネットは顔がすごく可愛い。胸の形だってお椀《わん》みたいに盛り上がっているし、ウエストも、臓器が本当に入っているのかと疑いたくなるぐらい細い。

女性にしては上背のあるほうだが、フェルナンのほうがそれよりもずっと高いので、釣り合いを考えたらちょうどいい背丈だ。

とはいえ、後ろ盾となる父親はおらず、後継ぎの異母弟はまだ十歳。そもそも、アネットは義母から目の敵《かたき》にされているので、たとえ立派な後継ぎがいたとしても後ろ盾にはならなかっただろう。

どう考えても、いずれ国を統べるようになる人の妻にふさわしくない。

——待って。さすがに殿下も私のことを、正妻にとは思っていないわ。

現国王のように愛妾を持つつもりなのだ。確か、シルヴァンの母親は男爵令嬢だった。了爵の位《くらい》は男爵よりひとつ格上とはいえ、アネットの家は、父の死によって没落している。

——フェルナン様は、どこかの国の王女様か、名家のご令嬢を、王太子妃として娶られるのだわ。

ふと、フェルナンが美しい令嬢を抱き寄せ、キスをしている姿が頭に浮かび、それだけで胸が抉《えぐ》られるような気持ちになった。

——想像だけでこの有りさまなら、現実だと本当に死にたくなりそう……。

フェルナンはいずれ、アネットという侍女がいたことなど忘れてしまうだろう。

「痛っ」

気づけば、フェルナンがアネットの耳を軽く噛んでいた。

「今、俺以外のこと、考えていただろう？」

――どうしよう。

こんな不服そうな顔さえも愛おしい。

「おまえ……ときどき、ここじゃないどこかに行ってしまっているみたいだ」

憂いを帯びた眼差しを向けられ、アネットは切なさで胸がいっぱいになる。

――王太子様なんて憧れの存在のままのほうが幸せだったのに。

「フェルナン、あなたから離れるなんて、もう無理」

アネットは抱きついて彼の胸に頬を埋める。

「俺なんかとっくの昔にそうなってる」

フェルナンがぎゅっと抱きしめ返してくれた。

「……今度の休み、いっしょに遠乗りをしよう」

意外な提案にアネットは顔を上げた。

「本当？　すっごくうれしいわ！」

バイクが馬に変わったとはいえ、好きな男とツーリングするのは前世の夢だったのだ。

第四章　いちゃいちゃしたいだけなのに

そんなやりとりの二日後には、乗馬服が届けられ、その翌日、朝から遠乗りに出かけることになる。

『今日は化粧しないでほしい。ありのままのアネットと出かけたい』と言われ、釣り眉と紫唇という武装を解いた。王宮の中庭にある馬場に出たら、周囲の人々が驚きの目を向けてくるものだから、恥ずかしくてうつむいてしまう。

「おまえは素のほうがずっと可愛い。皆が目で追うのも仕方のないことだが、やはり自分以外に見せるのは得策ではなかったかもしれない。これではアネットに懸想《けそう》する輩が続出だ……」

などと、フェルナンが葛藤し始めたが、どう考えても、王太子が連れてきた女性ということで耳目を集めているだけで、可愛いとか可愛くないとかそういう問題ではない。

フェルナンは馬場から、アネットと並んで馬を走らせた。

――未来の王妃様がこのことを知って、いやな気持ちにならないといいんだけど。

だが、木漏れ日の中、馬で駆けていると、そんな悩みなどどこかに飛んでいく。借りた馬は今まで乗ったどんな馬とも比較にならなかった。まるで空でも飛んでいるかのように走り、着地している時間がものすごく短い。

しかも、今日という日は、春という季節の間に何日あるかというぐらい、陽《ひ》も風も何もかもが心地いい日で、緑あふれる森の中で並走するフェルナンの笑顔は、今までになく爽やかだった。

フェルナンが馬と馬の間を狭めて、語りかけてくる。

「初めて乗った馬なのに、すごいスピードだな」

「本当にいい馬に乗れば、もっと速く駆けられると言ったのはフェルナンよ？」

「名馬であればあるほど、手なずけるのが難しいものだ」

「いい馬を貸してくださって、ありがとうございます」

アネットが微笑むと、フェルナンがハッとした表情になり、片方の口角を上げた。

「よし。護衛を撒くぞ。俺についてこい」

「皆様、心配なさるのでは？」

「いつものことだから大丈夫だ」

アネットが振り返ると、騎兵の姿はなかった。王宮を出るとき、彼らは一定の距離が開くまで動こうとしなかったので、そういう指示を受けているのだろう。

フェルナンがアネットの前に飛び出て、速度を上げた。

――さっきまでは私に合わせてくださっていたのね。

「これから道を外れるぞ」

フェルナンが、ついてこいと言わんばかりにアネットのほうに視線を向けたまま左に転じ、生い茂る木々の中へと突っ込んでいく。

「ええ?」

戸惑いつつも、アネットは両脚と手綱で馬を左に曲がらせ、森の中に入る。入るまで気づかなかったが、そこは獣道になっていた。

道なき道ではなかったことで、アネットは胸を撫でおろす。

「もう少ししたら止めるから、速度を落として」

フェルナンが振り向いてそう告げてきたので、アネットが減速すると、すぐに峡谷が見えてきた。

先にフェルナンが馬を降り、アネットが止まると手を取って降ろしてくれた。

手を繋いだまま、フェルナンがアネットを木々の切れ目まで導く。

「なんて、きれい……!」

眼下の谷には、青空と同じ色の川が流れており、緑が生い茂った急斜面が対称形をなしていた。

「川の色、俺の瞳みたいだろう?」

フェルナンが冗談めかして言ってくる。

光の加減で今日のフェルナンの瞳はいつもより青々としていた。

「空の青も、川の青も、フェルナンにはかなわないわ」

アネットがそう言うと、フェルナンが照れたように視線を逸らした。

「……だろうな」

自分で言っておいて赤くなっている。そんな顔色の変化も、この青空のもとだとよく見える。

――いつも屋内……それも夕方とか夜ばかりだったもの。

「下りるぞ」

フェルナンに手を引っ張られ、アネットは驚く。

「下りるって谷底に？」

「谷底までの道があるんだ」

足もとを見ると、急斜面に沿って左右にうねる道があり、滑らないように枕木《まくらぎ》まで敷いてあった。

だが、その枕木はかなり古く、欠けているところもある。

「よくこんな道に気づいたわね？」

「気づいたのは俺じゃない……異母兄《シルヴァン》だ」

「公爵様が？」

「ああ。幼いころの話だ」

シルヴァンの話をしたということは、アネットを信用してくれるようになったということだろうか。

――だとしたら、うれしいな。

「小さいころは仲がよかったのね」

フェルナンは、この質問に答えることなくアネットに背を向けてしゃがんだ。

「スカートにパンプスじゃ、ここは無理だ。おぶってやる。不敬とか言うのはなしだぞ」

言いそうなことを先回りして却下されてしまったので、「重いから無理なさらないでくださいね」と、アネットは彼の背に乗った。

「今度は俺が馬だ。アネットなら、手なずけるのは朝飯前だろう？」

「そんな……フェルナンが馬なわけ……きゃ」

アネットをおぶって立ち上がると、すぐにフェルナンが道を下り始める。

「この道、久しぶりだ。こんなに狭い道だったんだな」

「長い間、来ていなかったのね？」

「ああ。さっき急に思いだして……アネットに、この川を見せたいって思ったんだ」

「そうだったの……うれしい。こんな絶景が見られるなんて思ってもいなかった」

本当のところは、絶景よりも、彼の気持ちがうれしかった。

――自分だけ特別扱いされたいんだわ……私。

それが恋というなら、いつか愛に変われば、彼がほかの女性を娶っても、平気でいられるようになれるのだろうか。

気づけば、下り始めてから、ふたりとも無言になっていた。揺れるたびに彼の背に胸が押し当たり、太ももに彼の腕が食い込む。

――変な……感じ。

よりによって、こんな美しい自然の中で、アネットは官能に浸されていた。脚の付け根が潤い始めている。

「さあ、着いたぞ」

彼が屈んで膝を折り、アネットを地面に下ろしてくれた。

青々とした川は陽の光できらめき、川岸には緑が生い茂っているが、アネットはそれを愛《め》でるどころか、彼と離れたことで胸を撫でおろしていた。

――あのままじゃ痴女になるところだった……。

フェルナンがアネットの頬に手を寄せ、「赤くなっている」と言ってくるものだから、アネットはぎくっとした。まるで不埒な自分が見透かされているかのようだ。

おずおずと見上げれば、フェルナンも心なしか頬が朱に染まって見える。

「フェルナンこそ、私をおぶってここまで下りてきたのだから疲れたでしょう？」

「重さは大したことがなかった」

と、フェルナンが顔を背けた。まるで顔を見られたくないかのようだ。

――それに重さは、って？

ほかに何があるのだろう。

「あれは、まさか……」

フェルナンが何かを見つけたようで、アネットは手を引っ張られる。彼の視線の先には枯葉の山のようなものがあった。近づいてよく見ると、木製の骨組みの上に枝葉を載せて作った小さな家だった。

フェルナンが入口でしゃがみ、中を覗き込んでいる。

「図体《ずうたい》が大きくなりすぎて中に入れないな」

つぶやくように言って、フェルナンが立ち上がった。

「子どものころ、フェルナンが作ったの？　もしかして公爵様と？」

「ああ。ここは俺たちの隠れ家だ。できたときは屋根が青々としていて……もっとかっこよかったんだけどどな」

「今も素敵よ。でも、なぜ放置されていたの？」

「シルヴァンと俺が仲良く遊んでいるのが母にばれて双方の従者が解雇され……それ以来、お互い会うことも禁じられた。あれは七歳のとき……。それから疎遠になってしまったんだ」

――ふたり、仲が悪いわけではなかったのね。

「七歳と八歳が作ったわりに、力作だろう？」

懐かしそうに、だがどこか寂しげに小屋を眺めているフェルナンを見ていると、アネットの中で彼を愛おしいと思う気持ちが泉のように湧き出してくる。

――抱きしめたい。

人を好きになるのは、その人のかっこいいところを見てだと思っていたのに、今、どうしてこんなにも好きという気持ちが高まったのだろうか。

「フェルナン……」

アネットが両手で彼の片手を握りしめると、彼がとてつもなく優しげな眼差しを向けてきてくれた。いよいよ、きゅんきゅんが止まらなくなってしまう。

「アネットから手を握ってくれるなんて珍しいな。従者のことが気になっているのか？」

手を取ったのを違う意味にとられたようだ。だが、従者のことも気になるのでアネットは黙って頷《うなず》いた。

「俺も気になっていたんだ。それで、大人になってから、その従者を探しあて、今、その息子の学費をまるまる援助している。お詫《わ》びとして息子に高い教育を受けさせてやろうと思って」

――大人になるまでずっと気にしていたなんて……。

アネットは、愛おしさのあまり、彼をぎゅっと抱きしめてしまう。

「アネット……？」

「フェルナンのこと、好きになってよかった」

フェルナンが腰に手を回し、抱きしめ返すと、冗談めかしてこう言ってくる。

「これからも、アネットに好きって言ってもらえるよう善行を積まないとな」

アネットは思わず笑ってしまう。

「何を笑ってる？」

「だって……私に言われなくても、弱者のことを考えてしまうのがフェルナンでしょう？」

アネットが顔を上げると、フェルナンが見たことのない表情をしていた。眉間に皺が寄っているのに、眼差しはアネットを愛おしむようだ――。

「アネット……苦しくなるぐらい、おまえに惚れてる」

フェルナンがアネットを抱き上げると、優しくくちづけてきた。

「……ん……ふ……んぅ……」

フェルナンがキスしながら歩いて場所を移し、隠れ家と絶壁の間にある大木にアネットをもたれかけさせる。

唇が外れると、目の前にあるフェルナンの瞳は陶然としていた。

ドクンと何かを期待するかのようにアネットの心臓が跳ねる。

「アネット、ここなら絶対、誰にも見られないから……いいな？」

「え？」

片腕でアネットを抱き支えながら、フェルナンが片手で襟元から釦を外していく。今日は乗馬服なので胸当て《ストマッカー》がなかった。

「フェ……フェルナン……ここは……外……」

「すぐにそんなこと、考えられなくしてやる」

胸の下のあたりまで釦が外れたところで乳房を引き出される。

「円《まる》くふくらんだ白い肌に、小さなピンクの蕾……きれいだ……」

「いや……見ないで」

乳首はすでにぴんと立っていて、口に含まれた。

「……ぁ」

しかも、もうひとつの蕾を摘ままれ、強く引っ張られる。

「強めにされるのも好きだろう?」

「や、やめ……」

「どうして?　気持ちよさそうにしていたじゃないか」

「でも……んあっ……こ、こんな……明るいところで」

アネットはなんとか声を絞り出した。制止しようと手を伸ばすが、その手を取られ、掌にくちづけられる。

――たかが手なのに……どうしてゾクゾクしちゃうの。

酩酊《めいてい》したような眼差しで見つめられているせいだ。

「アネットが可愛いことばかり言うから、こうなってしまったんだ。このまま帰れないよ」

そう言って手を持っていかれたのはトラウザーズのフロント部分で、そこは硬くはち切れんばかりになっていた。

「ひゃ」

「俺のここ、嫌いか?」

好きな男に耳もとで囁かれ、抗《あらが》えるわけがない。

「き……嫌いじゃない……です」

お仕置きするように耳を甘噛みされた。

「嫌いじゃない？　好きの間違いだろう？　俺も、おまえのここ……」

フェルナンがアネットを抱き上げたまま、スカートをめくり、ドロワーズの股の切れ目から指を差し入れてくる。

「……俺に可愛がられると、蜜を垂らして悦んでくれるから……すごく好きだ」

舌先で乳首をもてあそびながら、指でぬかるみをくちゅくちゅとしてきた。

「あ……ぁあ」

アネットはぎゅっと目を閉じて彼の腕にしがみつく。

「腰をくねらせて……よほど気持ちがいいみたいだな」

大きく硬くなったものが秘所に当たり、アネットはびくっと上半身を跳ねさせた。いつの間にか彼はトラウザーズから雄芯を開放していたのだ。

「アネット、挿れてほしいんだろう？」

そう言って、切っ先をあてがってきた。それだけで蜜孔が痙攣してしまうぐらい、躰は挿れてほしがっている。ただ、大木と絶壁の間とはいえ、外でするのには抵抗があった。

「……でも……」

「俺のこれ、好きなんだろう？」

王太子ともあろう人が、好きと言われることに、ここまでこだわるなんておかしな話だ。

――変なところで子どもっぽいんだから。

「また心ここにあらず、だな」

指二本で乳首を摘まみ、ぐりぐりとしてくる。そのたびにアネットは、浅いところを行き来する剛直をぎゅうぎゅうと抱きしめてしまう。

「ずるい……わかってて……これ……おかしくな……ちゃ……う」

「おかしくなるぐらい、俺が好きだって聞こえるぞ?」

今さら何を言っているのか。

「好きじゃなきゃ……こんなこと……好きぃ……フェルナンなら……どこだって……あぁ!」

次の瞬間、アネットは躰を落とされ、腹の最奥まで滾ったもので貫かれた。

「く……俺もだ……アネット……」

フェルナンが両腕で膝裏を支えると、アネットを上下に揺らしてくる。ふわりと浮かんだかと思えば、ずんっと勢いよく落とされ、腹の奥まで埋め尽くされる。蜜壁がこすられる感触に躰どころか心まで震える。

「あ……フェルナ……ン……ふ……深……」

アネットが感極まって仰け反ると、すかさず、フェルナンが胸の先にむしゃぶりついてくる。

「あぁ!」

こんなことをされては昂《たかぶ》る一方だ。

「く……そんなに俺を締めつけ……」

アネットにも、その自覚はあった。唇と舌で乳暈を愛撫されるたびに、熱塊を離さないとばかりに自身の中がうねる。その感触がまた新たな快感を生み、躰を燃え上がらせる。

爽やかな明るい日差しの中、アネットはしばらく、ぐちゅぐちゅという淫猥な音と彼の漏らす熱い吐息、そして自身の中を上下にこすっていく脈打つもので頭をいっぱいにしていた。

「も……だめ……」

アネットは猛ったものを一入《ひとしお》ぎゅうっと圧してしまった。

「……くぅ」

そのときの感覚は一生忘れないだろう。彼がぶるりと震えたと思ったら、自分の中で、彼自身がどくんと大きく脈動し、腹の奥まで熱いもので満たされた。

アネットはびくびくと全身を震わせ、そのまま絶頂に達してしまう。

気づいたときには、アネットは彼の膝上で横座りで、ぎゅっと抱きしめられていた。

「アネット……やっと戻ってきたな」

顔を上げると、フェルナンの紫がかった青い瞳がとてつもなく優しく、アネットはあまりの幸せに胸を締めつけられる。

「……私、どうして？」

いつの間にか服が元通りになっていた。

「俺のことが好きすぎて、ここが感じすぎたようだな」

そう言ってフェルナンが下腹に手を伸ばしてきた。触れたところが再び熱を帯び、密かにアネットは快感に悶えた。

「……そういうこと、口にしないで」

「じゃあ口にはキスしよう」

彼が唇を重ね、すかさず舌を押し込んでくる。再び欲望に身をゆだねようとしているようだ。

――どうしよう、私、絶対、また流されてしまうわ。

と、そのとき「あそこに王太子様の馬が！」と上のほうから声が聞こえてきて、アネットは慌てて彼の胸に手を突き、顔を離した。

「とうとう見つかったか」

フェルナンが苦々しく言うものだから、アネットは噴き出しそうになる。

「追手から逃《のが》してあげたいけど、今日ばかりは難しそうね」

フェルナンがハッとした。

「本当だ。最初に会ったときみたいだ」

明るい日差しの中、彼の屈託のない笑顔は少年のようだった。

この、遠乗りをした日の夜、フェルナンは居室に来るなり、前にひざまずいて手を取った。真剣な表情でこう告げてくる。

「一刻も早く結婚しよう」

「け、結婚？」

——愛妾の場合は、結婚って言わないわよね？

するとフェルナンが、愛おしそうにアネットの手に頬ずりをしてきた。

「……子ができたかもしれないだろう？」

「もしかして……あの谷で……？」

フェルナンが神妙な顔をして頷く。

気持ちよすぎてわけがわからなくなっていたので確信を持てなかったが、やはりフェルナンはアネットの中で吐精してしまったようだ。

まるでまだ体内に残っているような気がして、アネットは無意識に下腹を押さえた。

「次の舞踏会で父に紹介する。ドレスも化粧も一流の本職に頼むから、いいな？」

「お、お父様？　こ、国王様に……？　でも、結婚は唐突すぎるでしょう？」

今のフェルナンなら、国王の前で、アネットを王太子妃にしたいと言いかねない。

「俺と結婚したくないとでも？」

──したい、めちゃくちゃしたい！　毎日いちゃいちゃしたい！

中出ししたから結婚を急ぐというのには誠意を感じるが、アネットが王太子妃として祝福されるとは到底思えなかった。フェルナンの評判を落とすようなことだけはしたくない。

──待って。

せめて恋人関係が公《おおやけ》になっていれば、子ができても認知してもらえるのではないだろうか。

「……きゃ」

フェルナンがアネットを縦抱きにして立ち上がった。下腹に頬を押しつけられ、アネットは甘い疼きに密かに悶える。

「じっと見つめてるだけじゃわからないよ？」

「あ……あの結婚は唐突なので、まずは恋人が……いいかと」

「そういうものか……俺は少しでも長くともに過ごしたいと思っているんだが」

「……そ、そんなの私もよ？」

フェルナンが顔を上げて、ふふっと満足げに笑った。

「もう感じてるみたいだな？」

「え、そんな……こと……」

「どうかな？」

悪戯《いたずら》っぽい瞳をアネットに向けたあと、フェルナンがアネットを長椅子に下ろし、スカートをバッとまくり上げる。股の切れ目をつかんでびりりとドロワーズを破いた。

「ほら、俺を求めて、滴《したたり》を輝かせている」

「や……そんな……こと」

太ももに垂れた雫《しずく》を舐めとるよう舌を這い上げ、やがて、脚の付け根にたどり着くと、わざとじゅじゅっと音を立てて蜜源を啜ってくる。

アネットはびくんと腰を跳ねさせた。

——この調子だと本当に今にでも妊娠しそうなんですけど〜！


結局、次の舞踏会でアネットはフェルナンに連れられて国王に挨拶することになった。王太子妃になりたいなどと高望みをする気はないが、せめて好きな人の父親に気に入られたい。

だが、その〝父親〟が、この国の王だと思うと、あまりの重圧に押しつぶされそうになる。

——でも、好きになった人が王太子様だったんだから、頑張らないと！

だが、舞踏会までの二週間は、そんな葛藤をする時間もないぐらい、あっという間に過ぎていった。

服飾デザイナー、仕立屋、髪結い師、化粧師が入れ替わり立ち替わりやって来たからだ。

一番の懸念だったドレスも舞踏会当日に間に合い、開催は夕方だというのに朝から皆、勢揃《せいぞろ》いでアネットの装いを仕上げていった。

――まるで結婚式よ、これじゃ。

「準備はできたか？」

そう言って、フェルナンが入ってきた。彼自身も舞踏会に出るための盛装をしている。

服飾デザイナーの女性が、自信あふれる笑みを浮かべた。

「アネット様は、もともとお顔立ちが可愛らしく、スタイルもよくていらっしゃいますから、頑張り甲斐がございました。ピンク色のドレスがとても映えますでしょう？」

「ああ。女神のようだ」

フェルナンが真顔でこんなことを言ってくる。

アネットがお茶でも飲んでいたら噴いていたところだ。

「殿下も、アネット様の瞳と同じグリーンの衣装が、とてもお似合いでいらっしゃいます」

「すごくいい色だ。君に頼んでよかった。本当はドレスと同じ色にしたかったんだが、さすがに私がピンクというわけにはいかないからな」

――人前でこんなことを言うなんて！

アネットが周りを見渡したところ、皆が皆、唖然としている。

「では、そろそろふたりきりにしてもらえるかな」

王太子の一言で、皆が次々と辞していった。

――なんだか照れちゃうわ。

フェルナンがアネットの頬にそっと手を寄せてきた。なぜか触れた部分が熱く感じられる。

「前は、世界中の男たちから、おまえの素顔を隠し続けられたらと思っていたが、今は違う。俺の恋人はこんなにも可憐で美しいんだと、世界中に自慢したいぐらいだ」

あまりにも過分な言葉に引いてしまいそうになったが、フェルナンの眼差しが真剣すぎてアネットは心を震わせた。

「あ、ありがとうございます」

フェルナンがじっと見つめてくる。

「アネット、俺、おまえしか愛せそうにないんだ」

切なげに目を細められて、アネットの胸は高まる一方だ。

「わ……私も愛しています」

「初めて言ってくれたな?」

フェルナンが顔を近づけてくる。

キスを受けいれようとアネットは目を瞑った。

「あ、口紅が落ちたらまずい」

フェルナンの意外な言葉にアネットが目を開けると、頭頂にキスを落としてくれた。

「さ、いくぞ」

信じられないことに、フェルナンは、アネットと手を繋いで堂々と回廊を歩き、舞踏広間に入ったのだった。

フェルナンは令嬢たちにとって憧れの〝完璧太子様〟である。令嬢たちが偶像を崇《あが》めるように楽しんでいられたのは、彼が偶像だったからだ。誰かひとりを愛すなんて、そんな生身の人間のようなふるまいをされて平静でいられるわけがない。

今、まさに、フェルナンがアネットと手を繋いで舞踏広間に入ったことで、令嬢たちの間で保たれていた調和は崩された。

これを屈辱ととらえる令嬢もいる。

その筆頭がエクフィユ侯爵令嬢、デルフィーヌだ。適齢期の女性の中で、王女ソランジュに次ぐ高い地位の令嬢であり、かつソランジュに勝るとも劣らない美貌の持ち主である。

ソランジュと違いがあるとしたら、ソランジュのようなおっとりとした表情をしておらず、勝気な性格が外面にも表れていることだ。

フェルナンがアネットに向ける愛おしげな眼差しを目の当たりにし、デルフィーヌは空色の目を瞬かせた。瞳を縁取る長い黄金の睫毛が揺れる。

「王太子様がお連れの令嬢はどなた?」

デルフィーヌがつぶやくようにそう聞けば、取り巻きのひとりであるエモニエ伯爵家のマリヴォンヌが身を乗り出す。

「私も一瞬、誰かと思ったのですが、よく見たら、あの背の高さ、王女様の侍女のアネットですわよ。ほら、あの番犬とか城壁とか呼ばれている令嬢です」

「なんですって？」

デルフィーヌの怒りを感じ取って、取り巻きが皆、凍りつく中、機嫌をとりなすように、バルテレミー伯爵家のニコレットが愛想笑いをした。

「ということは、ただ単に王太子様の番犬になったということではありませんこと？」

デルフィーヌが口もとを扇で隠し、上品な笑い声を漏らした。

「それもそうね」

エモニエ伯爵もバルテレミー伯爵も、エクフィユ侯爵の力で大臣に引き上げられた恩がある。侯爵と父親の関係が、デルフィーヌと、彼女を取り巻く令嬢たちとの関係にそのまま当てはまっていた。

自分の父親も取り立ててほしいと思っているアルナルディ伯爵家のロメーヌが、ある令嬢を連れてきた。

「デルフィーヌ様、油断大敵ですわよ。アネットの妹である、こちらのクロエから恐ろしいことを聞きましたの」

クロエがおずおずとデルフィーヌの前に出た。

「恐ろしい……？」

その言葉とは裏腹に、デルフィーヌの瞳は意地悪そうに輝いていた。


デルフィーヌとその取り巻きがそんな会話をしていることなど露知らず、アネットは、ソランジュと侍女たちの集団《グループ》に、フェルナンとともに合流していた。

ソランジュがにっこりと微笑む。

「公の場でも、関係を隠さないことにしたのね？」

「か、関係って……そんな……王太子様に少し仲良くしていただいているだけですから」

焦ってアネットがそう弁明すると、フェルナンが非難するように肩を拳でこつんとしてきた。

「ソランジュからも言ってくれよ。求婚したのに、結婚はまだいいって受けてくれないんだよ？」

侍女ごときが断ったなんて恐れ多い。

「あら。結婚したら私の侍女でいられなくなることを気にしているのではなくて？　つまり、お兄様のライバルは私ってことですわよ？」

ソランジュが冗談でかわしてくれて、アネットは心の底から感謝した。実際、侍女たちだけでなくフェルナンまで可笑しそうに笑っている。

ソランジュがフェルナンにこんな提案をした。

「なら、アネットが引き返せなくなるように、仲睦《むつ》まじくダンスして皆様に見せつけてはいかがでしょう？」

「それもそうだ。アネット、踊ろう」

フェルナンに手を引かれ、前回以上に皆の視線を浴びる中、アネットは踊りの輪に入っていく。

「アネットがきれいすぎて皆、うっとりしているぞ」

そう言って、フェルナンがアネットの背に手を回し、滑らかな動作で踊り始める。

「皆が注目しているのは、王太子様が珍しく女性と踊っているからよ？」

「そうだな。そういうことにしておこう。アネット自身はその美しさに気づかないほうがいい」

「もう、フェルナンったら」

そんなたわいもない会話をしながらダンスをしていると、ターンしたときに、国王夫妻が目に入った。ふたりとも、こちらを見ている。品定めされているようで、緊張感が奔った。

――王妃様はフェルナンとは血が繋がっていないのよね。

〝完璧太子様〟なので、仲が悪いという噂は聞いたことがないが、名門エクフィユ侯爵家出身の王妃からしたら、王太子が没落した家の娘と結婚するなんてことは受け入れがたいのではないだろうか。

――考えすぎよね？

「アネットはすぐ、俺以外のことを考えるからな」

「あの……今もそうだけど……フェルナンのことを考えているときに、なぜかそう言われるの」

「な、なんだ……そうか」

フェルナンがきゅっと口を結んだ。照れているようにも見える。それにしても、うれしそうな感じが駄々洩《だだも》れである。

そんな反応をされて、アネットもうれしい。

だが、その一方で、どうしてまた自分なんかにここまで入れ込めるのか、と怪訝に思ってしまう。

何せ相手は王太子であるだけでなく文武両道で超美形なのである。

──モテすぎると趣味がおかしくなっちゃうのかしら。

そんなことを考えていると、曲がやみ、ダンスが終わった。

「アネットの優雅なダンスを見せつけることができたし、そろそろ父に紹介するよ」

「え？　あ、はい」

いよいよ緊張感が高まる。

フェルナンがアネットの手を引いて、玉座に座る国王の前まで来ると立ち止まった。

王妃が席を外していたのが気になったが、アネットは腰を落とす丁寧な挨拶をした。身分の低い者からは話せないので、まずはフェルナンに紹介してもらう。

「父上、こちらがグランジュ子爵家のアネットです」

「ほう。亡きグランジュ子爵の令嬢か」

「ご紹介に与《あずか》りましたアネットと申します。以後お見知りおきのほど、どうかよろしくお願い申し上げます」

怖れ慄《おのの》きながらもアネットは国王の目を見て、そう挨拶をした。

「グランジュ子爵は、シルヴァンの家庭教師をしていたので何度か会ったことがある」

「はい。そのように聞いております」

「父君は博識だった。シルヴァンが授業を楽しみにしていたよ」

国王にそこまで言ってもらえて、アネットは感激してしまう。

父に関しては、後妻にドロテを選んだことで恨んだこともある。だが、生前、いつもアネットに優しい父だった。そして今になって、アネットを救ってくれた。

「過分なお言葉、深く感謝申し上げます」

国王がフェルナンに顔を向ける。

「グランジュ子爵はフェルナンの家庭教師はしていなかったはずだぞ。こんなに美しい令嬢をどうやって見つけたんだ？」

「ソランジュが信頼を置いている侍女です」

フェルナンがそう答えると、国王が破顔した。

「おまえときたら、王太子なのに浮名のひとつも流さないから心配していたが……二十二にしてようやく女性に目覚めるとはな」

「よしてください」

フェルナンが照れたように言って、アネットに視線を向けてくる。

が、向けられても困る。自分ごときが王太子の初恋の人みたいな扱いを受け、なんと答えたらいいかわからず、アネットは固まってしまう。

——もし本当にこれが初恋なら、二十二歳で初恋って遅すぎでしょ！

「いや。めでたいことだ。アネット嬢、感謝するよ」

国王が優しい微笑を向けてくれた。その瞳は青く、フェルナンにどことなく似ていた。

——気に入ってもらえた……のよね？

国王が急に真面目な顔になってフェルナンにこう告げた。

「明日の閣議のことで、少し話したいことがあるんだが？」

フェルナンが意外そうな顔になったが、これはアネットが聞いていい話ではない。

「では、私は、これにて失礼いたします」

と、礼をしてアネットはその場から離れ、ソランジュのもとへ向かう。

「ひとりだなんて珍しいね？」

声をかけられ、顔を上げると、シルヴァンが微笑んでいた。

——まずい……。

こんなところをフェルナンに見られたら、またこじれかねない。

「あの……私、ちょっと用事がございまして、失礼いたします」

アネットはそそくさとシルヴァンから離れ、隠れようと近くのバルコニーへと出た。

すると、どこからともなく、フェルナンの声が聞こえてくる。盗み聞きをしていると思われてはいけないので、アネットは急いでしゃがみ、ヤンキー座りになった。

パニエでふくらんだドレスなのでどんな座り方をしても外からはわからない。

——ヤンキー座りなんて前世ぶりかも。

そんな呑気なことを考えていられたのはここまでだ。国王の声が風に乗って聞こえてきて、アネットは凍りついた。

「フェルナン、エクフィユ侯爵令嬢と結婚するなら、あの娘を愛妾にしてもいいぞ」

この言葉に、なぜ自分はショックを受けているのかと、アネットは自身に問う。もともと、なれるとしても愛妾だと、勘違いしそうな自分に何度も言い聞かせてきたではないか。

すぐにフェルナンの反論の声が聞こえてきた。

「なぜデルフィーヌにこだわられるのです？　王妃様がエクフィユ侯爵家ご出身なのですから、これ以上結びつきを強める必要はないでしょう？」

フェルナンが侯爵令嬢を名前で呼んだことに、アネットは動揺してしまう。

——王妃様の姪御《めいご》様なのだから、知っていて当たり前なのに、どうして……私？

「ならば、ほかの有力な家の娘にしろ。王家には後ろ盾となる強力な臣下が必要だ。あの子爵家の十歳児がおまえを盛り立ててくれるとでも言うのか」

「子爵家の当主が中年だろうが老年だろうが、私は子爵家に頼るつもりはありません。結婚相手の実家ではなく、実力のある貴族を登用したいのです」

「それも大事だが、血の結びつきというのは、いざというときに自分を守ってくれるぞ」

「足枷《あしかせ》になることもあるのではありませんか？」

しばらく間《ま》が空いてから、国王がこう告げた。

「デルフィーヌのほうが小柄だし美人だろう？　おまえが連れてきた娘は、顔は可愛いが女にしては長身だ。王妃《ヴェロニク》に聞いたところ、城壁とか番犬とか呼ばれているらしいじゃないか。女の趣味が変わっているにもほどがある」

「いえ。それはソランジュを守ろうとしてのことですし、私には、デルフィーヌよりアネットのほうがずっと美しく見えます」

――陛下のおっしゃる通りだわ。変わっているって皆もそう思っているはずよ。私も思っていたぐらいだもの。

こんな会話をこれ以上聞くのは辛いし、そもそも盗み聞きはよくない。アネットは這いつくばってドアのほうに向かい、ドアが少し開いたところで立ち上がり、ひとり出口へと向かう。

フェルナンは、アネットとともに帰るものだと思っていたことだろう。先に帰ったとなったら、体調でも悪いのかと心配するかもしれない。

彼のそういう優しさを思い出しただけで、涙がこみ上げてくる。

――こんなところで泣いてはだめ！

と、そのとき、アネットは腕を取られた。

「お姉様、社交界でご活躍なのに、まるで私がいないかのようにお振る舞いになるんですね？」

アネットの全身から血の気が引いていった。クロエの声だ。

今まで受けた仕打ちや侮蔑の言葉が脳裡を駆け巡って、アネットは振り返ることもできず、そのまま身を固くする。

「王太子様や王女様と仲良くされて、もう子爵家《うち》のことなんて忘れてしまったのでしょう？」

クロエがアネットの行く手に立ちはだかった。相変わらず、ゴミでも見るような侮蔑的な眼差しだが、以前より憎しみが一層増したように思う。

――忘れられるものなら、忘れていたかったわよ！

と、そのとき、小鳥が囀《さえず》るような朗らかな声が聞こえてくる。

「あら、クロエ、お姉様をご紹介くださらないの？」

美しい令嬢が現れた。

滑らかなプラチナブロンドをパールのアクセサリーで結い上げ、透明感のある空色の瞳を長い睫毛が彩っている。目立つので、たまに見かけては妖精みたいな令嬢がいると思っていた。

「お姉様、こちらはエクフィユ侯爵のご令嬢、デルフィーヌ様でいらっしゃいます」

――この方が、デルフィーヌ様だったの！

バルコニーで、国王が褒めていた令嬢だ。

――フェルナンが、趣味が変と言われるのも納得……。

圧倒的な美を前に、アネットが呆然としていたところ、「お姉様、ご挨拶は？」と、クロエに耳打ちされ、慌ててアネットは腰を落とす挨拶をした。

「初めまして。私はクロエの姉で、アネットと申します」

「可愛らしい方。クロエに聞いたんですが、二年前までは内気でいらしたとか。王族の方々と懇意にされている今からしたら信じられませんわね？」

二年前といえば、あの納屋に閉じ込められて前世を思い出したころだ。そのときアネットの態度が変わったことを、クロエがデルフィーヌに話した意図がわからず、アネットは困惑してしまう。

「私は、宮殿住みの侍女なものですから……」

「王女様の侍女でも、あなたのように殿方を手玉に取る方ってなかなかいらっしゃらないんじゃないかしら」

クロエが、異母姉《アネット》に好意的な人間を紹介するわけがないとはわかっていたが、この美しい人は明らかにアネットを憎々しく思っている。

「手玉？　子爵家の者ごときが、そんなこと、できるわけもございませんわ」

「あら？　そうかしら。いろいろ武勇伝をクロエから聞きましたわよ？　そこまで豹変するなんて二年前、悪魔が憑《つ》いたとしか思えないんですって」

その言《げん》に頷いたクロエの目が獲物を捕らえた肉食獣のように満足げに光った。

「デルフィーヌ様が、悪魔祓《ばら》いをしてくださる司祭様をご紹介してもいいとおっしゃってくださっているんです。私としても、優しかったお姉様にまたお会いしたいですわ」

「悪魔？　そんなわけありません」

――家を出たあとも意地悪ができるクロエのほうが、よほど悪魔だわ！

と、抗議したかったが、王妃の姪にして、国王のお気に入りの令嬢の前でそんなことができるわけもない。

「悪魔に憑かれた方は皆、そうおっしゃるそうよ？」

そう言いながら、デルフィーヌがアネットとの間に隔たりを作るかのように扇を広げる。

「あの……それは誤解です。実家にいたときも、クロエとはあまり交流がありませんでしたし」

「クロエ、交流がなかったおかげで、あなたは無事だったたってこと？」

「はい。姉は、母や私と打ち解けようとしてくれなかったものですから」

「まぁ。王族にしかご興味がないのね。私ごときだと仲良くしていただけそうにないわ。クロエ、そろそろお暇《いとま》いたしましょう」

「はい。デルフィーヌ様」

そう言って、デルフィーヌとその取り巻きたちとともに、クロエが去っていった。

アネットは逃げるように出口のほうに向かう。

いやな予感しかしない。

これから、悪魔が乗り移ったとかいう噂を流されるのだろう。城壁や番犬というあだ名も、王妃から国王の耳に入っていたようなので、これが伝わるのも時間の問題だ。

――悪魔憑き番犬なんて、さすがに皆に愛想を尽かされるわ。

アネットに悪意を持つデルフィーヌが王太子妃になったら、この宮殿の中でも、実家のときのように――いや、それ以上にいじめられるのは火を見るより明らかだ。

いじめられるのは単純に怖いが、それより常に自分を苦しめているのは、なぜ自分はいじめられるのか、ということだ――。

――無意識に不快にさせてしまうってこと？

そのとき、フェルナンの諭《さと》すような声が頭に響いた。

『いつだって否があるのは、いじめる側だよ』

この言葉にどれだけ救われたことか。だが、たとえ愛人だとしても、いじめられるような女性は傍に置かないほうがいい。威厳があって皆から慕われるような女性が王太子にはふさわしい。

涙が零《こぼ》れそうになったとき、ちょうど自室に着いた。

――間に合った。

泣いているところを誰にも見られずに済んだ。

アネットは内鍵をかけて、ベッドに顔を伏せて泣いた。こうしたら声が聞こえない。実家でもよくこうやって泣いた。

あのときは、泣き声が聞こえたら、義母と異母妹を喜ばせてしまうのがいやだったからだが、今は違う。もし、フェルナンが聞いたら、あの優しい人がアネットのために無理をしてしまいそうだからだ。

案の定、しばらくしたらノック音が聞こえてきた。

「アネット、俺だ。先に帰るなんて……具合でも悪いのか？」

心配げな声だった。

アネットが黙っていると、「もう寝たのか」と、寂しそうな声が聞こえてきて、アネットは唇を噛みしめた。

――涙をこらえるなんてお手のものなはずよ。

枕に顔を埋めていると、しばらくしてフェルナンの気配が消え、とてつもない孤独感に陥る。

ずっと居留守を使うわけにもいかない。これからどうしたらいいのか。

ほかの令嬢のように、アネットには帰れる実家もなかった。

第五章　公爵はアネットがお好き？

――逃げていても何も解決しないわ。

アネットは翌日、いつものように、王女ソランジュの居室で仕事をし、夕食のあと、自室でフェルナンを待ち構えた。以前のようにキリッとした眉毛に紫口紅のヤンキーメイクに戻している。

待っている間、いつになく不安になる。もしかしたら悪魔憑きの噂が耳に入っているかもしれない。

やがてノック音がして、アネットは跳び上がりそうになった。来てくれたという安堵の気持ちはこの瞬間に霧散し、緊張感が一気に高まる。

それもそうだ。これから好きな人に別れを告げなければならないのだから――。

アネットが扉を開けると、入るなりフェルナンが抱きしめてきた。

「アネット、昨日、先に帰ったから寂しかったよ」

アネットは泣きそうになる。アネットだって寂しかった。だが、これからは、この孤独に慣れないといけない。

この温《ぬく》もりを永遠に感じていたいという想いを振り切り、アネットは彼の胸に手を突いた。躰を離して顔を上げると、前世のときのように、すごんでみせる。

「もう、ここに来ないでください」

敢えて敬語に戻した。

フェルナンが、意味がわからないとばかりに眉をひそめる。

「……殿下のこと、好きではなくなったのです」

「は？」

何を言い出すんだという表情になり、フェルナンが後ろ手で扉を閉めた。

「どういうことだ？」

フェルナンの声のトーンが急に落ちて、アネットは首《こうべ》を垂れる。

「き、気が変わったんです」

「そんな女じゃないことは俺が一番よくわかっている」

なだめるように、頭をぽんぽんとされる。このままでは関係を断ち切ることができない。

「授業も、やめにしてください！」

気合いを入れてそう宣言したというのに、フェルナンがアネットの肩を抱き、手を下腹に伸ばしてくるではないか。

それだけで腹の奥がずくんと疼き、躰が一気に熱くなった。

——私ってば……もう。

躰がびくつかないよう、アネットは歯を食いしばる。

「もしかして……？」

――それを聞くために触ったのね。

「に、妊娠……してません。ですから……今が引き際……かと」

フェルナンがアネットの両肩を持って、まっすぐに対峙してきた。

「結婚するまで我慢しろと言うなら、そうする」

大好きなヒヤシンス色の瞳に真摯に見つめられたというのに、アネットは目を逸らす。

「いえ、そういう問題ではないのです。国王様にお会いして、私には殿下との結婚は荷が重いと感じました」

「父もアネットのことを可愛いって言っていたよ？」

だが、国王は、もっとふさわしい女性がいるとも言っていた。

――あなたは優しい、その優しさが今は辛い。

「もし、お付き合いを続けるにしても、私は愛人たちのひとりで十分です」

――それで私は耐えられる？

フェルナンがアネットの肩を揺さぶってくる。

「馬鹿言うな。アネットが愛人なんて俺がいやだ。舞踏会で踊るときも、接見するときも、おまえに隣にいてほしい。この国を受け継ぐのは、おまえとの子ではないとだめなんだ」

心が震える。好きな男にこんなにも想ってもらえるなんて、そんな幸せがあるだろうか。だが、アネットは躰を退いて、手を振り払った。

「それが重いんです！」

フェルナンが呆気に取られている。

——もう嫌われたわ。

「俺が王太子なのがいやだということか？」

「そうです」

「おまえは……それも含めて俺の全てを愛してくれていたんじゃないのか」

今まで見たことのない表情だった。決して怒りを含んでおらず、世界から見離されたような絶望を映していたので、アネットは愕然《がくぜん》としてしまう。

「俺が王位継承権を放棄したらいいのか？」

驚くべき言葉が飛び出し、アネットは慌てる。

立派な王太子妃を娶って名君になってほしくて離れようとしているのに、本末転倒にもほどがある。

「それだけはやめてください。私、王太子妃は無理ですが、王太子の愛人という立場なら喜んで受け入れますから」

「愛してるって言った以上、俺をひとり占めしろよ！」

そう声を荒げてアネットの腰を引き寄せると、フェルナンがもう片方の手をスカートの中に突っ込んで尻を揉みしだいてくる。

「あっ」

彼の行為に驚いたものの、ようやくフェルナンが怒ったことで、アネットは少し安堵していた。絶望されるより、よほどいい。

「俺がほかの女とこういうことをしても平気だって言うのか⁉」

フェルナンがかぶりつくようにくちづけてきた。

――平気なわけない。

「……ん……ふぅ」

されるがまま口内を蹂躙《じゅうりん》されていたが、フェルナンのほうから振り切るように唇を外された。

「どういうことだ？　もう欲しそうな顔をしているぞ」

彼に挑戦的な眼差しを向けられ、アネットはうつむく。

「俺の顔を見ていたくないのか。なら、こうしてやる」

アネットは強引に躰を逆向きにされ、思わず壁に両手を突いた。

「尻を突き出すなんて……俺を誘っているんだな？」

「……そ、そんなわけじゃ……」

「いや。そうだ」

フェルナンは片腕でアネットの腹を支えると、尻の谷間から手を突っ込んで秘所を前から後ろへと撫《な》で上げる。

「ほら。俺が早く欲しくて、もう涎を垂らしている」

アネットは否定するどころか、彼にまさぐられ、小さく喘いでしまう。

「声も我慢できないぐらい感じているようだな？」

フェルナンが蜜口に浅く指を二本入れて、わざと音が立つように、ぐちゅぐちゅとかき回してくる。

「すごくぬかるんでる……でも、まだだ。ほかの男とはできなくしてやる」

フェルナンが襟をつかんで左右に引き裂くと、背中のあちこちに、いつもより強く、肌を吸うようにくちづけてきた。跡をつける気だ。

そうしながらも、片手を前に回り込ませ、罰するように乳首を強くこね回す。

「あ……あぁ」と、アネットは腰をびくびくと揺らしてしまう。

「愛人ならいいということは、こういう躰の関係だけがいいってことか？　気に入ってもらえてうれしいよ」

もう片方の手も前に伸ばし、蜜芽のあたりをぐりぐりとさすってくる。

「アネットはこれに弱いだろう？」

「んっ……くぅ」

これをされると、体中が蕩けてしまう。しかも今、トラウザーズ越しとはいえ、彼の猛ったものを双丘の狭間《はざま》に押しつけられており、ねだるように腰をよじってしまう。

「もう欲しいのか？　いいだろう。俺なしで生きていけなくなればいい」

フェルナンが胸から手を離した。

ようやく挿れるつもりかと思いきや、そのまま屈み、スカートをばさりとめくりあげて中に入ってきた。ドロワーズをずり下ろして片方の足から抜くと、両太ももをつかんで広げられる。

「え……嘘？」

ちゅっという音と同時に生温かいものが蜜孔に割り込んでくる。

「あ……ああ！　だめ、だめぇ」

「こっちの口はだめじゃないみたいで、蜜がどっとあふれ出したぞ？」

濡れた秘所に息がかかっただけで、蜜口が痙攣したのがわかった。しかも、フェルナンがじゅじゅっとわざと音を立てて啜ってくる。太ももに彼の指が食い込んでいる感触もたまらない。

アネットは腰がガクガクして脚に力が入らなくなっていた。だが、彼の顔に座り込むわけにいかず、壁に突く手に力をこめる。

媚肉のあわいに舌を出し入れされていくうちに、アネットは声が止まらなくなった。

「あ……ふぁ……んっ……あぁ……はぁ……あ……」

ただでさえ立っているだけで精一杯で手の位置がずり下がってきているというのに、フェルナンが指で秘芽を撫でてきて、アネットがついに頽《くずお》れ――そうになったところで、フェルナンは事前に察知したらしく、彼女の背後に回って腰を持ち上げた。滾ったもので奥まで一気に突き上げられる。

「あ、あー！」

アネットが叫んだ。

「中、すごくうねってる。俺を容易《たやす》く呑《の》み込んで、こんなにも悦《よ》がるってどういうことだ」

ゆっくりと退いては、また勢いよく腰を押しつけてくる。そのたびに、ずちゅ、ぬちゅという淫猥な音が立つ。こんなに荒々しく扱われているというのに、いつもより躰は悦んでいた。

だが、心は違う。

――この優しい人を傷つけてしまった……。

まさか王太子を傷つけることができるなんて思ってもいなかった。彼が王太子ではなく、ひとりの人間だということはアネットが一番よく知っているはずだというのに――。

それなのに、責めるような激しい抽挿は、アネットを今までにない高みへと押し上げていく。

「あ……あぁ……あ！」

その声しか発せなくなったかのようにアネットは繰り返し、腰をびくびくと揺らした。

「アネット……これは……おまえにしか与えないからな」

そのとき腹の奥で彼自身がぶるりと震え、熱いものがほとばしった。

「あー！」

アネットは、叫んだあと全身から力が抜けていったが、すぐにフェルナンにぎゅっと抱き支えられた。彼が頬を寄せてくる。

「本当は、俺のほうがおまえなしでは生きられな……泣いているのか？」

アネットは自身でも気づいていなかったが、いつの間にか涙を流していた。

フェルナンが顔を離す。

「すまない……ついカッとなって、ひどいことをした」

アネットは否定したかったが、淫らな熱に浮かされ、それは叶わなかった。

彼女が泣いたのは、フェルナンを傷つけてしまったことが悲しくて、なのだ。決して、ひどい目に遭ったとは思っていない。

だから、謝ってなんかほしくなかった。

だが、フェルナンはそうは取らなかった。

「俺がアネットを幸せにしたかった。二度と悲しい涙を流させたくなくて。それなのに俺は……」

フェルナンがアネットを抱き上げ、長椅子にそっと下ろすと、背筋を正して見下ろしてくる。

「……もう、おまえを泣かすようなことはしない」

これは決別を意味しているのだろうかと頭の片隅でぼんやり思いつつ、アネットは強い眠気に襲われ、そのまま眠りにつく。

やはり、それからというもの、フェルナンがアネットの居室を訪れなくなった。

ただ、三日後に、ドレスだけが届いた。あのときドレスを破いてしまったからなのだろう。

「こういうとこ……律儀なんだか……」

アネットの瞳から涙があふれ出す。

だが、これでよかった。フェルナンには、誰からも後ろ指を差されない完璧な国王になってほしいのだから――。


ふたりの異変にいち早く気づいたのは王女ソランジュだ。

それもそのはず、ソランジュは同母の兄であるフェルナンと朝夕、食事をともにしていて、その食事以外の時間はずっとアネットと過ごしているのだから。

朝、フェルナンと、大きなテーブルを挟んで向かい合って食事をしながら、ソランジュは気になることを聞いてみた。

「お父様にアネットをご紹介されたのでしょう？　いかがでした？」

「父上は相変わらずだよ。アネットと結婚したいという俺の言葉に耳を傾けず、エクフィユ侯爵令嬢を娶ったらアネットを愛妾にしていい……なんて平気で言ってくる」

フェルナンが憎々しげに、鴨肉《かもにく》のパイにフォークを突き刺した。

「もしそれをアネットも聞いたのなら、今のアネットの状態も理解できますわね」

「それはない。父上は、アネットの前では美しいって褒めていたさ。それより、アネットの状態って？　どうしたって言うんだ？　病気か？」

フェルナンが畳みかけるように聞いてくる。

「いいえ。毎日出勤しているし、きっちり仕事をこなしてくれていますわ。でも、空元気《からげんき》というか……、目に生気がないというか……勘のいい娘《こ》だから、もしかしてお父様に気に入られていないのを察したのかもしれませんわね」

「やはり、そう思うよな？　父に紹介してから距離を置かれているんだ」

そう言うフェルナンのほうが死にそうな顔をしている。

「私からもアネットにそれとなく、聞いてみますわね」

すると、不幸のどん底みたいだった兄の瞳がにわかに輝いた。

「ソランジュ、頼んだぞ」

「でも、アネットは、一度決めたらなかなか覆さないタイプのような気がするので、お役に立てるかどうか……」

とたんに、フェルナンが肩を落とした。

いつも自信にあふれていた兄が、恋でこんなに変わるなんてと、ソランジュは唖然としてしまった。


食卓で自分のことが話題になっているなんてアネットは露知らず、ただ、ソランジュが、やたらとフェルナンとの仲を探るようなことを聞いてくるのに辟易《へきえき》していた。

「父に紹介されたそうだけど、どうだった？」

と、初めて問われたときは動揺してしまったが、「王太子様のきれいな色の瞳は国王様譲りのようにお見受けしました」といったふうに論点をずらして答えてなんとかなった。

「兄のこと、どう思っているの？」

と聞かれても「王女殿下の侍女のお仕事をご紹介くださり、大変感謝しております」と答えるだけだ。これは本音なのでよどみなく答えられた。

ほかの質問もこんなふうに、恋愛がらみにならないよう、のらりくらりとかわしてきた。

やがて、王宮舞踏会の日がやって来る。国王に紹介されたとき以来の舞踏会だ。あれから何年も経ったような気がするが、まだひと月も経っていなかった。とはいえ、半月以上、顔を合わせることすらなかったのだから、さすがにフェルナンはアネットへの関心を失っているのだろう。

いつものように王女の城壁になっていると、ソランジュが案の定、こんなことを聞いてくる。

「アネット、今日は兄とは踊らないの？」

「えっ、そ、そんな……誘われてもおりませんのに！　それより私、王女殿下のお近くに侍《はべ》っていたく存じます！」

「アネット、あなたはいつも私や兄のことを一番に考えてくれて、そういうところ、すごく気に入っているわ。でもね、まずは自分を一番に考えないと。あなたが幸せにならないと、アネットのことを大切に想っている人が幸せになれないもの」

「あ、ありがとうございます。でも、私、王女殿下の侍女の仕事をくださった王太子様や、王女殿下が幸せなら、私も幸せです」

「……あなたらしいわね」

ソランジュが口角を上げたが、どこか悲しげに見えた。

──もしかして、私が王太子様を不幸せにしているとお思いなのかしら？

むしろ、王太子の輝かしい未来のために身を引いたつもりである。

そのとき、フェルナンが視界に入った。観察する気など毛頭ないが、彼はどうしても目立つので舞踏会で見ずに済ますことができない。フェルナンの横に、エクフィユ侯爵令嬢デルフィーヌが立っていて、胸がずきりと痛んだ。

──このくらいで私、何ショックを受けているの……。

その場しのぎで愛人ならいいと告げたものの、こんな有りさまでは、自分は愛人にすらなれそうにない。デルフィーヌが王太子妃になったら、王太子の隣は彼女の定位置になる。それを常に目《ま》の当たりにしながら、平静を保てるだろうか。

──ああ、そうか。

だから、シルヴァンの母親は王宮の舞踏会に参加しないのだ。


たとえ、心の中にぽっかり穴が空いていても、日常は続く。

王女ソランジュが草花を愛でるのを好むため、今日のような天気のいい日は、決まって庭園を散策する。アネットを含め、侍女五人が付き添った。

アネットが来た当初は、待ち伏せしている不埒な貴族もいたが、最近、ほとんど見かけなくなった。

おかげで季節の花々を純粋に楽しめるようになったと、ソランジュが喜んでくれている。

――そうよ。王女様に喜んでいただけて、これ以上、何を望むっていうの？

アネットは顔を上げた。

春から夏に移ろうとする時期は、ルフォール宮殿が最も美しいときだ。

円型に刈られた緑の絨毯《じゅうたん》や彫像の周りを、色とりどりの花々が縁取り、華やかさを添えている。彩りは花壇だけではない。ミモザの木々は黄色い花が満開で、ふんわりと優しい香りが風で運ばれてくる。

と、そのとき、侍女ふたりがひそひそ話をしながらアネットをちらっと見た。

――きっと、私の噂だわ。

この前、ヴァネッサがこう助言してくれた。

クロエがよからぬ噂を言いふらしているから、やめるよう言ったほうがいい、と――。

だが、アネットが戒めるようなことなど言ったら余計に反感を買いそうで、恐ろしくてできない。

――クロエやドロテに怯えていた十四歳のままなんだわ、私……。

そのとき、ソランジュが、噂話《うわさばなし》をしていた侍女ふたりを優しく咎めた。

「侍女《あなた》たちは、私にとってみんな等しく大事な家族よ。噂に惑わされて、家族の悪口を言うのは金輪際《こんりんざい》おやめになって」

「申し訳ありません！　ですが私どもは悪口を申したわけではなく、ただ、こんな噂があるという話をしていただけでございます」

ふたりが首《こうべ》を垂れる。

「あの……私についての噂ですよね？」

アネットがおずおずと申し出ると、ソランジュが「気にしなくていいのよ」と、穏やかな笑みを向けてくれた。

「妹のクロエが私のことを、悪魔憑きだと言っているのは知っています。私はいいんですが、そのことで王女殿下の評判を落とすようなことがあるようでしたら……私は侍女の仕事を辞退したほうがいいのではないかと思いまして……」

ソランジュが掌をアネットのほうに向けて制止した。

「今後、辞めるなどと愚かなことを言ってはいけません。そんなことで、私の評価を落とす者がいたら、そうしたらいいのよ。放っておきなさい」

「ソ……ソランジュ様！」

こんなに気高く優しい方にお仕えできるなんて、なんという幸せだろうか。

「アネットを悪く言うっていうことは、私たちに対しても無礼なことですわ」

そう言ってヴァネッサがアネットと腕を組んでくる。

「ありがとう……ございます」

アネットは泣きそうになったが、なんとかぐっとこらえた。

しかも、ひそひそ話をしていた侍女ふたりが、アネットに「軽率に噂話をしてしまって、ごめんなさい」と謝ってくれた。

「いいえ。いいんです。うちは家族に問題があって……こちらこそ申し訳ありません！」

ソランジュの侍女たちは、心根のいい令嬢ばかりだ。それは、ソランジュの選択眼だけでなく、彼女のこういった指導がものをいっているのだと、アネットはつくづく思った。

——兄上のフェルナン様も立派でいらっしゃるもの……。

うっかり、彼を思い出してしまい、ずきりと胸が痛んだ。

咎めるように抱かれたあの日以来、彼はアネットと接触してこなくなった。だが、悪魔憑きの噂を流されるような娘とは距離を置いたほうがいいので、あのとき結婚を拒否したのは正解だった。

王女一行が、休憩に使う円形の神殿のような東屋《ガゼボ》に着いたとき、シルヴァンが現れた。

「美女集団と鉢合わせるなんて、今日はいい日だ」

その瞬間、侍女たちの瞳が一斉に輝いた。

「あら、お兄様、声をかけてくださるなんて珍しいですわね」

シルヴァンが優雅に手を広げた。

「そんなことはない。いつも気にかけているよ。自邸で舞踏会を開くときは、王女付き侍女の皆様は全員、ご招待しているぐらいだからね」

「それには感謝していますわ。皆、いつも楽しみにしていますものね?」

ソランジュが侍女たちを見渡すと、皆、シルヴァンを憧れの眼差しで見上げて、首をぶんぶん縦に振っている。

「王宮の花である皆様方がいらしたら、我が家の舞踏会に箔《はく》がつくからね」

——そういえば、この方、あちこちで浮名を流しているんだったわ。

じとっとした眼差しで見ていると、シルヴァンと目が合った。

——しまった。態度が悪かったかも……。

「そういえば、アネット嬢には、まだ招待状をお渡ししてなかったね」

シルヴァンが、そう言いながらアネットに近づき、皆に聞こえないように声を潜めて耳打ちしてくる。

「フェルナンに父を紹介されたんだろう? それなのになぜ彼を避けてるんだ?」

「私はふさわしくないと、あのとき悟ったんです」

「どうしてふさわしくないと?」

——この方、媚薬を仕込んだり……本当に何がしたいのかわからない。

「王太子様は見ず知らずの私のことを救ってくださったんです。弱い者を助けられる王太子様なら、きっと名君におなりでしょう? でも、私の実家はお支えするどころか足を引っ張るだけです」

「へえ、すごいな。さすがグランジュ子爵のご令嬢だ。大局を見ているんだね」

「私は……ただ……王太子様の邪魔をしたくないだけです」

――あんな素晴らしい方が、私のことを好きになってくださったんだもの。

そのとき、シルヴァンがぼそっと「名君になるには、侯爵令嬢じゃないほうが近道な気もするけど」とつぶやいたが、アネットは聞き取れなかった。

「今、なんとおっしゃいました？」

「いや、ひとりごと」

そう言ったあと、シルヴァンが急に周りに聞こえるような声を出して、こう告げてくる。

「それなら楽しまないと。アネットもぜひ週末の舞踏会においでよ」

何か裏があるのだろうか。だが、ソランジュの手前、侍女のひとりとして断るわけにはいかない。

「ご招待、ありがとうございます」

「アネットもマンディアルグ公爵邸の舞踏会に参加するの？　楽しみだわ」

ヴァネッサが肩を寄せてそう言ってくるものだから、アネットは、変に気負っていた自分が恥ずかしくなる。

「美女おふたりのご参加、とてもうれしいよ」

シルヴァンが目を細めてにっこり笑うと、周りの侍女たちが皆、頬を赤らめ、ボーッとなった。

――さすがプレイボーイで鳴らしていらっしゃる方は違うわ。

週末の夕方、アネットは、ヴァネッサのミルボー伯爵家の馬車に同乗させてもらい、マンディアルグ公爵邸へと繰り出した。

黄金の柵でできた門扉が開き、馬車がエントランスへと続く道を進むと、彫像と花壇が目を楽しませてくれる。その先にある大きな翼を広げたようなクリーム色の建物は、ルフォール宮殿ほど巨大ではないものの、遜色《そんしょく》はない。

馬車から降りて建物を見上げながら、アネットが「宮殿みたい……」とつぶやいたら、ヴァネッサが笑った。

「それはそうよ。もともとここは離宮で、国王様が下賜《かし》されたのですもの」

「あ、そういうこと？」

やはり、シルヴァンとその母は国王から愛されているのだ。もしかしたら、彼を立太子できなかったことへの罪滅ぼしかもしれない。

——でも、国王様はフェルナン様にも愛情がおありよね？

だから、息子が変な女と結婚しようとしたら反対したのだ。

エントランス前の車回しに次々と豪華な馬車が到着しているのを後目《しりめ》に、ふたりで回廊に入ると、そこは白と黄金で彩られた幻想的な空間で、着飾った紳士淑女たちが立ち話をしている。

あまりの華やかさに、アネットがぽかんとしていると、ヴァネッサが手を引いてくれた。

「さ、行きましょ」

「王宮以外の舞踏会も、こんなにきらびやかなんですね」

「ここの舞踏会は格別よ。それに、王女の侍女という役割がないから気楽でいいわ。特に、アネットは不埒な虫たちを追い払う特殊任務があったでしょう?」

ヴァネッサがそう言ってウインクしてくる。

「それもそうね」

そんなおしゃべりをしながら、舞踏広間に足を踏み入れ、アネットは息を呑む。

広々とした白い空間は、アーチ状の扉という扉、その間にある壁掛け燭台《しょくだい》など、どこもかしこも黄金で装飾されており、巨大なシャンデリアに照らされ、輝かんばかりだ。

「なんて素敵なの!」

「私も初めて来たときは驚いたわ。公爵様への国王様の愛情を感じるわよね」

「確かに……」

そのとき、どよめきが起こり、アネットが振り向くと、華やかで理知的な女性が入ってきた。皆がこぞって挨拶に向かい始める。

――もしかして?

「マンディアルグ公爵様のお母上よ」

ヴァネッサにそう耳打ちされて合点がいく。銀髪に切れ長な瞳、すっと筋の通った鼻――シルヴァンは母親似だ。周りに集まる人々は、権力に媚《こ》びる感じがなく、彼女を崇拝しているように見えた。

女王の風格すら感じさせられる。

――愛妾でいいとか言っていた自分がおこがましいわ。

「あまりの美しさに見惚《みと》れているのね？」

ヴァネッサに冗談めかしてそう言われ、アネットは我に返った。

「ええ。だって女王様みたいじゃない？　しかも人間じゃなくて、妖精の……」

ヴァネッサが「わかるわ」と、頷いたあと、ハッとした顔になる。

「噂をすれば、女王様のご令息が、こちらに向かってきてるわよ」

シルヴァンが友人らしき紳士を連れてやって来たので、アネットはヴァネッサとともに、腰を落とす挨拶をする。シルヴァンが軽く会釈したあと、彼のほうに手を差し出す。

「ポワリエ侯爵家のナゼールだ。ヴァネッサ嬢を紹介しろってうるさくって」

整った顔立ちをした、二十代後半と思《おぼ》しき誠実そうな紳士だった。

ナゼールが上品な笑みを浮かべて、ヴァネッサのほうに手を伸ばす。

「王宮舞踏会では遠巻きに眺めているだけでしたが、踊っていただけませんでしょうか？」

「もちろんですわ」

ヴァネッサが頬をゆるめて手に手を重ねたので、アネットもうれしくなる。

――よかった。

「では、我々も踊ろうか？」

この流れでシルヴァンに手を差し出されれば、アネットも手をのせるしかない。

シルヴァンにはダンスを教わったことがあるので、踊りやすかった。

フェルナンとの王宮でのダンスは衆目を集めて緊張を強いられたり、必要以上にドキドキしたりと、楽しむどころではなかったので、正式なダンスを純粋に楽しめたのは初めてかもしれない。

ただし、シルヴァンが黙ってくれさえいればの話だ――。

「フェルナンとは最近どうなんだ？」

――来ると思った。

「王太子様のことが、どうしてそんなに気になるのです？」

「やっぱり、可愛い弟だからね？」

今の彼からこんな言葉を聞くと嘘くさく感じてしまう。

――でも、八歳のときは？

幼いときの一歳差はとても大きい。本当にフェルナンを可愛いと思っていたかもしれない。

――クロエだって、小さいころは可愛かったもの。

「おふたりの隠れ家を拝見しましたが、七歳と八歳が作ったとは思えない立派な建物で驚きました」

そのとき、シルヴァンが真顔になった。

「……あれ、まだあるのか」

「公爵閣下はその後、見に行かれていないのですか？」

子どものころのことなど忘れてしまったのだろうか。

「ああ……行く気になれなくて」

――こういうところは兄弟ね。追放された従者のことが気になっているんだわ。

「従者の方の今を、閣下はご存じですか？」

「彼らも私も宮殿を追われたから、もうわからないんだ」

「その従者の方が今どうなさっているのか、もしよろしかったら王太子様にお聞きになってください。でも、これを言ったのが私であることは内緒にしていただけますか？」

「どうして？」

「王太子様は、閣下との思い出を懐かしそうに語っていらしていて……王族のご兄弟でいらっしゃるおふたりの大切な思い出に、私ごときが入り込んでは僭越《せんえつ》なので」

シルヴァンが神妙な表情で黙り込んだ。何か考えているように見える。

そのとき、曲が最後の盛り上がりに入った、
シルヴァンが片方の口角を上げる。

「私ごときなんて言うもんじゃないよ。恋愛は、より強く愛したほうが負けで、君はフェルナンに圧勝しているんだから」

そう言って、回転するときにアネットをふわりと持ち上げて、床に下ろす。

周りから歓声が上がった。

――目立ちたくなかったのに！

「私が勝っているなんて……そんなことありえません！」

「いや、君はもっと自信を持ったほうがいい」

曲がやみそうになったので、アネットは仰け反ってラストポーズを取った。

「アネット、踊ってくれてありがとう」

やわらかな笑みだった。そのとき初めて作り笑いではないシルヴァンの笑顔を見たような気がした。


このときアネットは、シルヴァンと踊ったことで、エクフィユ侯爵令嬢デルフィーヌから、さらに怒りを買うことになるなんて思ってもいなかった。

この舞踏会には、デルフィーヌとその取り巻きも参加していたのだ。もちろん、クロエも――。

宮廷で女性人気を二分する、もうひとりの王子ともアネットが踊ったとあっては、平静でいられるはずがない。

「さすが悪魔ですわね。王太子様の次は公爵様ですって」

「どういう手練手管を使われたのかしら」

そんな異母姉への悪口を聞いて、クロエは気分がいい。アネットは実家での扱いについて自分が被害者だと思っている節《ふし》があるが、それは違う。アネット自身に原因があるのだ。

——あのときのこと、絶対に赦《ゆる》さない。

アネットのくせに、自力で納屋から出てきて、『母の形見を返しなさい』とすごんでみせた。同じ邸で暮らさせてやっただけでも感謝してほしいのに、自分のものは自分で持っておきたいなんて厚かましいにもほどがある。

やっと家から追い出せたと思ったら、憧れの王女の侍女になっているうえに、王太子や公爵とも浮名を流すなんて——。

父だってそうだ。平等に娘ふたりを愛しているふうを装っていたが、明らかに父親の愛情はアネットに傾いていた。

——赦さない、赦せない、絶対に王宮から追い出してみせる。

そして、この侯爵令嬢デルフィーヌには、その力があった。

「デルフィーヌ様、悪魔憑きの姉のせいでご不快な思いをなさっているのではありませんか？　本当に申し訳ありません」

振り向いたデルフィーヌの瞳は怒りに燃えていた。

クロエはたじろいでしまう。

「クロエ、あなた、謝るしか脳がないの？　悪魔のせいにして自分は関係ないなんて都合のいい考え方にはほとほと呆れるわ。半分はあなたと同じ血が流れているんだから、なんとかしなさいよ」

周りの淑女たちも、蔑んだような目でクロエを見ている。

矛先が自分に向き始めたことに気づき、クロエは凍りついた。

「も……申し訳ありません。私でできることならなんでもしますので、お赦《ゆる》しください」

「なんでも……ね」

デルフィーヌが目を眇《すが》めて、クッと意地悪そうに笑う。

クロエは自身の手が震えていることに気づいた。

――本当にアネットは、我が家を食いものにする悪魔だわ。


「王太子様がお越しです」

そんな侍女の声が聞こえてきて、王女の居室で書棚の整理をしていたアネットはぎょっとする。

――ご令妹の居室だから当然のことなのに……。

アネットが平常心を心掛けて、本の整理を再開させたというのに、扉が開き、侍女仲間がこう告げてきた。

「アネット、王女様がお呼びです」

「は、はい。今、参ります」

王女ひとりだけで待っているとは考えにくい。

案の定、通された客間にはフェルナンがいて、アネットの顔を認めると、椅子から立ち上がった。

「アネット……」

彼が、やっと会えたみたいなうれしそうな顔を向けてくるものだから、アネットは胸が苦しくなる。

「王太子殿下、ご機嫌麗しゅう存じます」

アネットは腰を落とす丁寧な挨拶をした。

「他人行儀だな」

「恐れ多くて殿下に馴れ馴れしくなどできません」

「最近、シルヴァンと仲がいいみたいだね」

シルヴァンから何か言われたのだろうか。

――それならそれで利用させてもらうまで。

「舞踏会にご招待くださったただけですわ。ただ……」

アネットはフェルナンを見据える。

「公爵様って素敵な方だなって思いました」

――多情な女だと嫌いになればいい。

「そうか。では、当のシルヴァンはアネットのことをどう思っているのかな?」

「公爵様のお気持ちは関係ありません。これは私の片思いですから」

「なら、俺にしろ。すぐに両思いになれるぞ」

フェルナンに肩を取られた。

――大きくて……力強い手……。

流されそうになったところで、アネットは拳を固めて気合いを入れる。

「いえ。私、公爵様のほうが……話していて気楽と申しますか……」

「気楽というのは、友人に使う言葉だ。アネットは俺のことが好きだけれど、王太子妃になりたくないだけだろう？」

――なりたくないとかじゃなくて、なれないわ、私の身分だと。

アネットは項垂《うなだ》れることしかできなかった。

「お兄様……、アネットが困っていますわ。そのぐらいになさって。アネット、今日はもう、自室に下がってお休みなさいな」

「あ、ありがとうございます」

アネットは再び腰を落とす礼をして、足早にその場を去った。


残されたフェルナンは、アネットが出ていった扉のほうを向いたまま呆然としていた。

――こんなお兄様を見るのは初めてだわ。

それもそのはず、兄はこれまで恋愛とは無縁だった。それだけではない。個人的な感情は顔に出さないようにしていた。フェルナンは完璧王太子を完璧に演じてきたのだ。

唯一、公務を怠るのは、年に一度の花火の日だけ――。

母が亡くなる瞬間を目撃した兄は、当時まだ十三歳で、窓外で上がった花火が、まるで魂が天に昇るように美しかったと言っていた。

あのときからだろうか。兄の瞳に悲壮感が浮かぶようになったのは――。

その兄が、初恋で再び変わった。

「お兄様がここまでアネットに執着されていたなんて……驚きましたわ」

フェルナンが、ようやく妹の存在に気づいたかのように顔を向けてきた。

自分の兄ながら、この男は神の最高傑作ではないかと思う。

黄金の髪は陽の光を受けて輝き、青い瞳は紫がかっていて神秘的。そのすぐ上に伸びるきりっとした眉が凛々しさを添えていた。筋の通った鼻は高く、きゅっと結ばれた唇が意志の強さを感じさせる。

しかも彼は次期国王なのだ。

まさかこの兄を振る女性がこの世にいるとは思ってもいなかった。ましてや、その女性がソランジュの侍女だなんて――。

初めて会ったとき、アネットは若葉のような瞳を輝かせてこう宣言した。

『王女殿下をお支えするという名誉あるお仕事を紹介してくださった王太子様のためにも、全身全霊でお仕えするつもりです』

あのときの言葉には嘘がないように感じた。

――まさか、王太子妃になったら私の侍女でいられなくなるから、それで兄を振ったとか？

そう勘繰ってしまうぐらいに、アネットはソランジュに憧れの眼差しを向け、全力で仕えてくれた。

「……初めて人を好きになれたのに」

フェルナンが、どさっと長椅子に身を預け、大きな手で双眸を覆う。

「縁談をかわすために、女性に興味のないふりをしてきただけなのかと思っていましたわ」

これだけ女性たちに好意の眼差しを向けられておいて、二十二歳にして初恋とは、にわかには信じがたかった。

「幸い好きになれる女がいなかった。だからこのままエクフィユ侯爵家との縁談はのらりくらりかわしてデルフィーヌが結婚するまで独身を貫こうと思っていたんだ……だが、アネットと出逢って……」

「もともと、アネットを近くに置きたくて私の侍女に推薦したんでしょう？」

「ソランジュだって気に入っているだろう？」

質問に質問で返し、フェルナンが背もたれから上体を起こした。

「ええ。アネットは一生懸命尽くしてくれて、お兄様に渡したくないと思ってしまうぐらい可愛いですわ」

「俺のことをどう思っているのか、探ってみた感触はどうなんだ」

「あくまで王太子を尊敬しているという返事しかもらえなくて……。ただ、最近のアネットはどことなく元気がなくて、到底、誰かに恋しているとかそういう感じではないから、さっきのは、お兄様に嫌われるための方便にしか思えません」

ソランジュは慰めるような気持ちでそう言ったのだが、フェルナンが身を乗り出してきた。

「わかるか？　今だって絶対に俺のことを好きなんだ」

フェルナンが急に瞳を輝かせたものだから、ソランジュは絶句してしまう。

――恋は盲目って、こういうことを言うのかしら。

ソランジュが困惑していたら、フェルナンがこう畳みかけてくる。

「男はみんなこういう勘違いをするものだって思っているんだろう？　俺は違う。これを見ろ」

フェルナンが、ポケットからハンカチーフを取り出し、振りかざす。

「ハンカチーフをあげたら、ドラゴンを刺繍して返してくれたんだ。ここまで複雑な刺繍は何日、いや何十日もかかると思わないか？　ソランジュはもらってないだろう？」

そう言って広げたハンカチーフには、ドラゴンが炎を吐く、見事な刺繍が全面に入っていた。

「証拠提出のはずが、自慢になっていますわよ。お兄様」

「自慢したくなるほどの巧みさだろう？　ほら俺たち王家の紋章だぞ」

ソランジュは顔を近づけて、じっと見てみる。

「これは力作ですわね。この炎、とても複雑な形……まるで呪文みたい」

「呪文……言われてみれば、そういうふうにも見えるな」

フェルナンが刺繍の表面を自分のほうに向けた。

「今度、直接聞いてみてはいかが？」

「そうだな……」

フェルナンがとたんに意気消沈した。ここまでアネットに臆病になるなんて、何があったのか。

――ふたりとも好き合っているようなのに、なんとかできないものかしら。


フェルナンは、ソランジュの居室を出ると、そのまま自室に戻った。長椅子の背もたれに身を預け、顔を上げる。天井には、黄金の葉で縁取られた円形の絵画がいくつもあり、フェルナンの真上では、心を通じ合わせた男女が天使たちに祝福されていた。

――アネットがシルヴァンに片思いなんて、やはり、ありえない。

シルヴァンが片思いというなら、まだわかる。媚薬を仕込んだぐらいだから、性的に興味があるのは確かだ。

今はフェルナンを避けるための方便だとしても、シルヴァンと交流していくうちにアネットが本当にシルヴァンのことを好きになったら――？

愛情という点において、フェルナンはシルヴァンに勝てたことがなかった。いや、勝負にさえならない。

シルヴァンは愛する男女から生まれ、フェルナンが生まれたあとも国王の愛を独占していた。フェルナンは国と国との政略結婚で生まれた継嗣《けいし》にすぎない。

王女である母は、この国に嫁いでから初めて愛妾ルシールの存在を知った。しかも、よりによって結婚式の翌日に、ルシールはシルヴァンを出産した。

父が王女と結婚していなければ、シルヴァンを継嗣にすることも可能だったが、父は六歳のときすでに三歳の母との結婚が決められていたので、どうしようもない。

そして物心ついたときから王太子妃になるべく育てられた母には、愛妾という存在は受け入れがたい現実だった。プライドの高い母が父を憎むようになったのも仕方のないことだ。

だが、国を背負って隣国に嫁した以上、王女は子を産まなければならず、当時王太子だった夫を拒むことはできなかった。かくして、結婚一年目にフェルナンが生まれ、母は早々に王太子妃としての義務を果たすことができた。

フェルナンの育児が女官と乳母に任せきりなのは王族の女性として当然としても、母は王太子妃であるのに、いつもひとり居室に引きこもっていた。

それが幸いして、フェルナンはシルヴァンと遊ぶことができた。

当時、ルシールもシルヴァンも王宮に住んでいたので、意図せずとも庭で鉢合わせた。今思えば、母は、恋愛の勝者であるルシールと顔を合わせたくなくて引きこもっていたのだろう。

ルシールはフェルナンに優しかった。

だが、優しいだけだ。彼女がシルヴァンを見る目は格別で、慈愛に満ちていた。

一方、フェルナンの母はいつも不満げで、故国のリーリャ王国に帰りたいのに、子ができたせいで帰れないと嘆いていた。だからフェルナンは、自分にもルシールのような母親がいれば――と何度羨ましく思ったかわからない。

ともあれ、フェルナンにとって、シルヴァンは特別な遊び友だちとなった。

ふたりとも王子なので、周りの人間は誰しもが敬うような態度で接してくる。お互いだけが唯一、対等でいられる存在だった。

フェルナンが七歳になると、ポニーに乗って森を散策するようになった。谷に下りる階段を見つけたときは興奮したものだ。そこにふたりだけの秘密基地を作ることにした。

一ヶ月かけて、子どもしか入れないような小屋ができたときは感動のあまり、ふたりでぴょんぴょん跳び上がって喜んだものだ。王宮では離れて暮らしているけれど、ここは『僕たち』だけの家だった。ふたりで入ったらいっぱいになるような小さな空間には妙な安心感があった。

気に入るあまり、フェルナンが帰るのを渋ったため、王宮に戻るのが遅れてしまい、母が半狂乱になっていた。

王妃になっていた母は、ルシールに王太子連れ去りの疑いまでかけ、それに加担した咎で、シルヴァンとフェルナンの侍従たちを王宮から追放した。

本来、シルヴァンの侍従まで母がどうこうできることではないのだが、ルシールを悪役に仕立て上げることで押し通した。

侍従たちに罪はない。

フェルナン付きの侍従など、小屋の前でしゃがんで、早く王宮に戻らないと王妃が心配するとフェルナンに何度も言い聞かせ、早く小屋から出るよううながしていた。

それを突っぱね、大人が入れない小屋に閉じこもったのはフェルナンだ。

フェルナンは母に泣いて懇願したが、侍従たちが王宮に戻ることはなかった。

この日以来、フェルナンはシルヴァンと会うことを禁じられる。

王妃と愛妾を同じ宮殿に置くのを危険と判断したのか、国王は、愛妾とその息子に離宮を与えて住まわすようになった。

それでようやく、王妃は正気に戻る。

フェルナンは父王と同じ宮殿で過ごしていたが、父と交流した思い出はほとんどない。休暇があれば、国王は離宮で過ごすようになった。

ソランジュは唯一の娘ということで可愛がられていたが、父がフェルナンに声をかけるとしたら、彼が特に優れた成績を収めたときや競技で一位になったときだけだった。

それでも、期待に応え続けていたら、いつか自分を愛してくれるかもしれない。そう思ってフェルナンは、勉強も武芸も必死に励んだ。

だが、成人した今となっては、もう父の愛など、どうでもいい。

父と同じ轍《てつ》は踏みたくない、好きな女を王太子妃にしたい――ただそれだけだ。

そのとき、ノック音がした。

「入れ」

扉が開き、侍従がこう問うてくる。

「マンディアルグ公爵様がお出《い》でですが、いかがいたしましょう？」

フェルナンの居室にシルヴァンが訪ねてくるなんて初めてのことだ。

――いやな予感がする。

思いつくことと言ったら、アネットとの交際宣言である。ものすごく聞きたくない。

――だが、王太子たるもの、逃げてはいけない。

戦史を紐解《ひもと》けば、敗北しそうになってからの逆転など、いくつもある。

「……わかった。客間に通せ」

「はっ。では、ご準備させていただきます」

フェルナンが隣の客間に移ると、シルヴァンがすぐに入ってきた。

「フェルナン、急に訪ねて申し訳ありません」

シルヴァンは別に緊張しているふうもなく、いつものように飄々《ひょうひょう》としていた。

「いえ。たまには遊びに来てほしいと思っていたところです」

余裕を見せるためにそんな強がりを言ってから、遊びという年齢でもあるまいと、フェルナンは自嘲する。

七歳のときシルヴァンと遊ぶことを禁じられ、禁じた母は十三歳のときに亡くなった。十六歳で社交界デビューして、王宮の舞踏広間でシルヴァンと顔を合わせるようになったが、お互い当たり障りのないことしか話せなくなっていた。

「座って話してもいいですか？」

そう聞かれて初めて、フェルナンはずっと突っ立っていたことに気づく。

「あ、ああ」

ローテーブルを挟んで、フェルナンはシルヴァンと向き合って椅子に座った。

「この間、アネットがうちの舞踏会に来てくれましてね……」

──やはり、アネットのことか。

フェルナンは目を瞑って、敗戦濃厚となってから逆転勝利した戦術を史実からひとつひとつ引っ張り出してみる。

シルヴァンが言葉を継いだ。

「隠れ家……まだ建ってるなんて、驚きました」

予想外の言葉が出て、フェルナンは目を瞬かせた。

「アネットが来たことから、どうしてまた隠れ家の話になるんです？」

「これは……気が急《せ》いてしまいました。アネットから、隠れ家が今もあると聞きましてね」

「そういうことですか。アネットと王家の森を馬で散策していたら、ちょうどあの谷の近くに差しかかったので、階段を下りてみたんです。まだ建っていたので驚きました」

「すごいじゃないか！　七歳と八歳が作ったのに」

シルヴァンが身を乗り出し、子どものときのように屈託なく笑った。最近の彼は笑っても、作り笑いか微笑だったのでフェルナンは驚く。

しかも、しゃべり方も、子どものときのようになっているので、フェルナンも自ずと口調が変わる。

「土深くまで、木の枝を打ち込んだから」

「あのとき、楽しかったな」

こんな楽しい思い出のように語られるとは、フェルナンは思ってもいなかった。

「ああ。あとが最悪だったけどな」

怒りに歪《ゆが》んだ母の顔が思い出され、フェルナンは昏い気持ちになる。

「あの小屋がきっかけでフェルナンと会えなくなったから、それが寂しくて、ひとりで小屋を見に行く気になんかならなかったんだが、今度行ってみようかな」

——寂しくて？

そんな理由で小屋を見に行っていないことが意外だった。

フェルナンの幼い我儘《わがまま》のせいで、王妃が激怒して、シルヴァンは宮殿を追われたというのに——。

シルヴァンが続ける。

「あのころを思い出して感傷的になっていたら、なぜかアネットに励まされたんだ。従者のことは気にするなって。それなのにその意味を教えてくれなくて……フェルナンに聞くよう言ってくるんだ」

「そういうことか。俺はあの従者たちに今、金銭援助をしているんだ。そのことを知ってアネットはえらく感激した様子だったから、シルヴァンにも知ってほしかったんだろう」

そういえば、あのときアネットは、フェルナンを好きになってよかったと言っていた。

「フェルナンが大人になって金銭援助するぐらい従者のことをずっと気にしていたものだから、私もそうだと思い込んだんだな」

「気になってなかったのか？」

フェルナンは、自分のせいで、シルヴァンの従者まで追放されるとは思ってもいなかったのだ。

シルヴァンがフッと小さく笑った。

「私は従者のことなんて考えていなかった。ただ、弟と遊べなくなって悲しいってことしかね。アネットの言う通りだ。フェルナンは名君になれるよ」

「アネットがそんなことを？」

「ああ。フェルナンは弱い者のことを考えられるって。妬《や》けちゃうな」

「そうか……」

その名君が振られたなんて口が裂けても言えない。

フェルナンが無言になると、シルヴァンが心配げに見つめてくる。

「それなのに、アネットと別れるなんてな……」

――そんなことを言っているのか⁉

「俺がやっと見つけた、俺が好きになれる女なんだ、諦められるか！」

フェルナンは思わず語気を強めてしまう。

シルヴァンがニヤッと口の端を上げた。

――こういうときに限っていい笑顔になるからな。

「とはいえ決定権はアネットにある。王太子妃になるのは肩の荷が重いようだから、公爵夫人くらいがちょうどいいかもな」

「王位継承権なんて、くそくらえだ！」

フェルナンが声を荒げると、シルヴァンの目つきが冷ややかになった。

「私の母は喉から手が出るほど、それを私に与えたかったようだけどね」

フェルナンは、ハッとする。

「……すまない」

「謝ることはない。親たちの事情だ。前王妃があんな亡くなり方をして、しかも後妻の王妃に男児が生まれ……母は今、生きのびることしか考えてないさ」

そのときフェルナンは死に際の母を思い出した。痙攣《けいれん》して瞳孔を見開いていた。毒殺という噂は今も絶えない。

「父は、マンディアルグ公爵家だけは、なんとしてでも守ろうとするだろうよ」

「ならいいけどな。そもそも私は公爵ぐらいのほうが気楽だし。誰と結婚しようと父に文句を言われることもない」

「それは……シルヴァンが……」

——おまえが父親に愛されているからだ。

そう言おうとして言えなかった。口にしてしまった瞬間に、自分が愛されていないことを認めることになってしまう。

「私が……？」

「いや……俺はどうも人の心がうまく読めないようだ。シルヴァンは俺のせいで宮殿を追われて俺を恨んでいると思っていた」

シルヴァンが困ったように笑う。

「フェルナンとアネットは似ているよ。自己評価が低い。ふたりとも、自分が思っているより周りに愛されているんじゃないかな」

自己評価が低いのだとしたら、アネットもフェルナンも家族に愛されなかったせいだ。

「似ているところがあるからといって……わかり合えるとは限らない」

シルヴァンが腰を上げた。

「伝えたいことは伝えた。そろそろ失礼するよ」

「いつでも訪ねてくれ」

「そういうフェルナンこそ、一度も公爵邸《うち》を訪ねてくれたことがないじゃないか」

「ぜひ、今度お邪魔させていただく」

フェルナンも立ち上がり、手を差し出すと、シルヴァンが握り返して握手になる。

そのとき、シルヴァンが何か思い出すような表情になった。

「さっきの話。従者についてのことだが、アネットが言ったということは内緒にしてくれと頼まれていたんだった」

「どうして秘密にする必要があるんだ?」

「さぁ。以前の恋人とは関わり合いたくないってことじゃないかな?」

挑発するような眼差しでシルヴァンが言ってくる。

——意図がわからない。

昔の思い出を持ち出して兄弟関係を修復したいのかと思ったら、今度は、愛する女を奪うような発言をしてくる。

「今だから言うが、アネットに媚薬を盛ったり、別れたと決めつけたり……一体、何をしたいんだ?」

「媚薬? なんのことだ」

「しらばっくれるか。あのタルトのことだ。媚薬が効いたあたりの時間にアネットの部屋を訪問してきただろう?」

シルヴァンが悪びれもせず、こんなことを言ってくる。

「ああ、ワイン入りぶどうタルトのことか。自分でも食べてみたら、アルコールが思いのほか強かったから念のため伝えに行っただけだ。でも、アネットはもう食べ終えていて、アルコールを摂ったら眠くなる性質《たち》のようで出てこなかったから、私は何もしてないよ？」

「眠くなる？」

「タルトを食べたら眠くなって、私が訪ねてきたのに気づかなかったってアネットから聞いたけど？もしかして、それは方便で、実は、ふたりで盛り上がっていた？　それで、媚薬と勘違いしたとか？」

シルヴァンが疑惑の目でフェルナンを見てきた。

痛いところを突かれた。

——だが、媚薬じゃなくてアルコールだって？

媚薬のチェックポイント、頬の紅潮、濡れた瞳、荒い吐息、下腹の疼き、男性に触られると熱く感じる——それが、アネットが酔ったときの媚態《びたい》だとしたら？

フェルナンは居ても立ってもいられなくなり、シルヴァンを帰すとすぐにアネットの居室へと向かった。

第六章　愛羅武勇はあなたにだけ

アネットが居室でひとり勉強していると、ノック音がした。

「アネット、いるんだろう？　どうしても伝えたいことがあるんだ」

今でこそノックだけで済んでいるが、彼はこの居室の鍵を持っているので、入ろうと思えば入れるはずだ。

――フェルナン様とふたりきりになったら……絶対に決心が揺らぐわ！

アネットは、バルコニーから脱出することにした。

ベッドの天蓋から垂れているタッセル付きの太い紐を、真鍮《しんちゅう》と黄金でできているバルコニーの柵に括《くく》りつけ、アネットは、竹登りを降りる要領で地上まで降りる。

すると茂みの向こうから押し殺したような小声が聞こえてきた。

「今日は計画中止だ。王太子が侍女の部屋に向かっている」

言い終わらないうちに、服と枝葉がこすれるような音が立つ。その声の主が去っていったようだ。

「やっぱり王太子はあの侍女にぞっこんなんだな。エクフィユ侯爵令嬢との婚約を断るなんて馬鹿なんじゃないか」

アネットは身を潜めた。

「国王のように政治を侯爵に任せたら楽できるのにな」

そんな声とともに、何かを仕舞《しま》い込《こ》む音がする。撤収しようとしているのだろうか。

「〝完璧太子様〟としては、政治を人任せにしたくないんだろうよ」

「自分も母親みたいに殺されかねないってわからないものかな」

「別に侯爵令嬢が殺したわけじゃあるまいし、形だけ結婚しておいて、愛妾をたくさん侍らせたらいいのにな」

「とはいえ国王も、前妻を殺したかもしれない家の女をよく王妃にするよな？」

「前王妃とは不仲だったから、殺してもらって感謝してるんじゃないか」

「むしろ国王が首謀者だったりしてな」

その声は笑いを含んでいた。

アネットは、木の上で初めてフェルナンと話したときのことを思い出す。

フェルナンは自身もアネットと同じような境遇だと言っていた。それなのにアネットは自分の悩みで頭がいっぱいで受け流していた。だが、彼はアネットの悩みを受け流すどころか、仕事を紹介し、勉強まで教えてくれた――。

――それなのに、私ってば！

そのとき、アネットの重心が傾いて、低木の枝に触れてしまう。

「誰だ？」

男ふたりが立ち上がり、茂みから顔を出した。予想外にも、きちんとした装いで、こんなところでうずくまっていなかったら、侍従だと思っただろう。

「この令嬢、例の侍女だよ」

ひとりがニヤッと笑みを浮かべ、もうひとりの男を横目で見る。

――どうして私の顔がわかるの？

「令嬢のほうから来てくれるなんて……ラッキーだな」

「あ……あなた方は……一体？」

もうひとりの男が、優雅な笑みを浮かべる。この状況に全くそぐわない表情だ。

「ちょうどお迎えに来たところなんですよ」

じわじわと間を詰めてきた。

「アネット様とお話しになりたいという方がいらっしゃいましてね？」

男が手首を握ってくる。

その瞬間、前世のケンカの経験がぶわっと一気に蘇ってきた。

アネットは手首を外側にひねる。こうすれば、大の男だって手を離さざるをえない。

「うぁ？」

男が動揺の声を上げた。まさか一介の侍女にこんなことができるなんて思ってもいなかったのだろう。この隙に、アネットは股間を蹴り上げる。

――回し蹴りの有紗を舐めんなよ！

「うがぁー」と唸《うな》って男が倒れた。予期せぬ出来事に、その瞳は見開かれている。

「おまえもこうなりたいのか⁉」

アネットは、もうひとりの男相手にファイティングポーズを取った。

「な……なんだ、この女……」と、男が逃げ去る。

アネットは、うずくまる男のポケットから通行証を取り出して自身のポケットに入れると、こう叫ぶ。

「西棟のバルコニー側に怪しい男がいるぞー！」

低い声で男を装った。

――フェルナン様に、このことを伝えないと！

フェルナンがまだアネットの居室の近くにいたとしても、どのみち戻るのは彼の居室だろう。アネットは本棟の一階に入り、階段を駆け上がる。

王太子の居室を護《まも》る近衛兵は、アネットの顔を見ただけで中に入れてくれた。フェルナンから指示されているのだろう。

この居室に入るのは初めてだ。もうフェルナンは戻っているようで、前室の護衛がアネットの顔を見ると、「王太子殿下、アネット様がお出《い》でです」と、よく通る声で奥に向かって告げた。

すぐに扉が開き、フェルナンが現れる。首もとにクラヴァットはなく、長上衣《ジュストコール》も脱いでシャツ一枚で、信じられないといった表情をしていた。

「アネット……今、ちょうどアネットの部屋に行ったところだったんだ。入れ違いだったってことか？　すごい偶然だな。何か困ったことでも？」

この期《ご》に及んで優しい言葉をかけられ、アネットは心を震わせる。

――やっぱり……好き。大好き。

この人の役に立ちたい。愛人でも侍女でもなんでもいいから、傍に置いてほしい。

フェルナンは、いつもアネットを第一にしようと考えてくれているのに、アネットがその気持ちを無碍《むげ》にしている。

ソランジュが以前、『あなたが幸せにならないと、アネットのことを大切に想っている人が幸せになれない』と諭してきたのは、こういうことを言いたかったのではないか。

――私しか王太子様を幸せにできないって……考えていいですか？　ソランジュ様！

「さ、中へ」

フェルナンに手を取られ、隣の部屋へと導かれる。長椅子やローテーブルがあり、客を招くための部屋のようだ。

王太子の部屋だけあって、どこもかしこも黄金の装飾が這い、どの調度品にも黄金が使われているが、壁色が落ち着いた緑色なため、華美な印象は受けない。

フェルナンが侍従や衛兵たちを見渡し、「ふたりきりにしてくれ」と軽く手を挙げた。

皆が出払ったのを認めてから、アネットは口を開いた。

「先ほど、見知らぬ男ふたりが、私のバルコニーの下で待ち伏せしていて……」

「待ち伏せ⁉　それを早く言わないか。俺は近衛隊の隊長でもあるんだ」

フェルナンが扉のほうに向かうので、アネットは彼の袖を引っ張って制止した。

「私がひとりを倒したら、もうひとりが逃げていって……事なきを得ました」

「倒したんだ？」

フェルナンが唖然としている。

「は……はい。倒したあと、人を呼んだので、もう捕まっているかと……」

フェルナンがプッと噴き出して屈託なく笑い出す。アネットを抱き上げて鼻と鼻がくっつくぐらいに顔を近づけてきた。

こうされると、昨日も一昨日もフェルナンと会っていたような気がしてくる。

「やっぱりアネットは最高だ」

「やっぱりフェルナン様は女性の趣味が変です」

「そう。変だから、おまえ以外を愛せそうにないんだ」

フェルナンが、ちゅっと触れるだけのキスをしてきた。

——嘘——！

一ヶ月半もの間、距離を置いていたのに、まるでそんなときがなかったかのようだ。

「だが、その倒れた者がちゃんと捕らえられているか確認しないと」

フェルナンが急に真顔になった。

アネットはポケットから通行証を取り出す。

「あの……通行証で犯人を割り出せませんか？」

「通行証だって？　正規のルートで王宮に入り込んだってことか」

「少しここで座って待っていてくれ」

フェルナンがアネットを椅子に下ろして通行証を受けとり、部屋から出て行った。

ひとりきりになると、不審な男ふたりがフェルナンについて話していたことが思い起こされ、一気に不安に襲われる。

——前王妃様が殺されたり、王太子様が命を狙われたり……そんなこと、ありえる？

しばらくしてフェルナンが戻ってきた。

「アネットが倒した男は、ちゃんと捕らえられていた。ただ、アネットのバルコニーから紐が垂れていて……あの紐、あいつらがどうやって括ったのかが、わからないんだ」

「そ、それは、私が括りました。殿下から逃げるために垂らした紐です」

「……入れ違いじゃなくて、俺から逃げていたのか」

フェルナンに半眼で睨まれ、アネットは身を縮こまらせる。

「申し訳ありません」

「どうして逃げるのをやめたんだ？」

「あ、あの……その方たちが、侯爵令嬢との婚約を断ったりしたら王太子様が命を狙われるのにって、お話ししていて……しかも……エクフィユ侯爵様が前王妃様を亡き者にしたと……ただの噂話とは思いますが、殿下のことが心配になりまして……」

「それは皆が薄々思っていることだ。母が亡くなって得したのは今の王妃ぐらいだし……　エクフィユ侯爵ならやりかねないだろう」

淡々と話すようなことだろうか。

「殿下の身にも危険があるってことですか⁉」

「そうだな。俺がいなくなれば、侯爵の甥《おい》である、俺の異母弟《おとうと》の王位継承権が上がるから」

「そんな現実……どうして受け入れられるんです？」

アネットはフェルナンの腕をつかんで揺さぶる。

「確かに、受け入れていいことではないな」

――な……なんて呑気な！

「花火大会のとき、足もとを見る輩がいると言っていらしたけれど……お母様をお亡くしになって……こんなにも苦労してこられたんですね？」

フェルナンがフッと、すさんだ笑みを浮かべた。こんな表情は初めてだ。

「苦労？　母がいたときのほうが、苦労が多かった気がするよ」

「えっ？」

「母は、シルヴァンの母への嫉妬と憎しみで頭をいっぱいにして……父が亡くなるのを夢見ていた」

「ええ？」

「そうしたら、俺が国王になるからな」

——なんてこと！

アネットが愕然としていると、フェルナンに頭をくしゃくしゃと撫でられる。

「そんな顔するな。そもそも、父が好きでもない母《おんな》と結婚したから、こうなったんだ。父は現王妃だって好きじゃない。エクフィユ侯爵の手前、公の場では王妃を持ち上げているけれど、父が本当に愛しているのは、いつだってシルヴァンの母ルシールだけなんだ」

「結婚は二回とも政略のため……ってことですか？」

「そうだ。俺にあるのは王太子という称号だけだ。愛情という面では、シルヴァンのほうがずっと恵まれている」

フェルナンの寂しげな表情を見ていたら、アネットは自ずと彼をぎゅっと抱きしめていた。

「てっきり、フェルナン様は愛に恵まれた方かと……」

「恵まれていないわけじゃない。俺には同母妹《いもうと》がいて仲がいいし、今の俺にはアネットがいるだろう？」

フェルナンがアネットに問うような眼差しを向けてくる。

——だから、いつも好きって言ってほしがっていたの？

アネットは泣きそうになって、彼の胸に顔を埋めた。

「好きでなくなるなんて、できるわけないです！　でも好きだからこそ、私のせいで評価を落としてほしくなかった……力のある家の、評判のいいご令嬢と結婚してほしかったんです」

「政略結婚では誰も幸せにならない。政権が盤石になるどころか、政争の種になるだけだ。俺は断ち切りたいんだ、そういう因習を。だからおまえと結婚したい。おまえなら俺といっしょに戦ってくれるだろう？」

アネットの瞳から涙があふれ出す。

「殿下、私、浅はかでした。私、本当は殿下のこと、愛していたんです」

フェルナンが少し屈んで涙を舐めとると、無言でぎゅっと抱きしめてきた。アネットも臆せずと彼の大きな背に手を回す。

「アネット、そんなこと、俺はとっくに知っていたよ？　もう何も怖れるな」

フェルナンがアネットを抱き上げ、何度も唇をついばみながら歩き出し、扉をひとつ、ふたつと開けていく。身だしなみを整えると思われる、大きな鏡のある部屋で彼が立ち止まった。

「この奥は寝室だ。いやなら、この部屋で下ろす」

つまり、抱いていいかどうか同意を求めているのだ。

「いやじゃ……ないです」

アネットは、彼の首を掻《か》き抱《いだ》く。

「この間、ひどくしてしまったから……優しくする。やり直しさせてくれ」

——そんなこと、気にしていたの？

「好きにして……いいのに」

アネットが彼の耳もとで囁くと、ものすごい勢いでフェルナンが扉を開ける。

そこには黄金の天蓋付きの豪奢《ごうしゃ》なベッドがあった。彼は、金糸の刺繍で彩られた重厚なドレープを片手で振り払うと、アネットを抱きしめたままシーツの海に飛び込んだ。

ベッド脇では蠟燭の炎が揺れていたが、彼はその炎を消すことなく、ごろりと転がり、アネットと横寝で向き合った。

「アネット……ずっとここに連れてきたかった……夢みたいだ」

フェルナンがそう言ってアネットの耳を食み、首筋に舌を這わせてくる。

「あ……わ、私も……ここにいるなんて……信じられません」

アネットは胸もとのモスリンを左右にガッと広げられ、襟ぐりと下着をいっしょくたに下ろされる。露《あら》わになった乳房は厚みのある襟ぐりに持ち上げられ、いつもより張り出していた。

彼がその頂点に食らいつき、何度も舐め上げてくる。ここが弱いと知ってのことだ。

「あ……あぁん……」

「この声、二度と聞けないと思ったら……気が狂いそうになった」

彼が、愛おしむように胸のふくらみに頬ずりしてくる。すでに硬くなっている蕾が彼の頬にこすられて、アネットの中でぞわぞわと快感が高まっていったが、それを隠して彼の頭をゆっくりと撫でた。

するとフェルナンがうれしそうに見上げてくる。

——仔犬みたい……可愛い。

だが次にフェルナンが取った行動は犬というより狼で、胸の先にかぶりつくやいなや、スカートを引っ張り上げ、ドロワーズの中に手を突っ込むと、濡れた蜜口に指を沈めていく。

「あぁ……んぅ」

アネットはびくびくと躰を痙攣させる。

「俺、もう止まらなくなるけどいいか？」

「そんなこと……ぁ……き、聞かなくて……いぃっ……のに……」

フェルナンが迷いのない動きで、アネットの内壁にある弱い一点を突いてくる。

「あ！　……ふぁあ……ぁあ……んっ」

「……俺、もうおまえを泣かせたくない」

「あ……あれは、フェルナン……様を……きっ傷つけてしまったんじゃないかって悲し……く」

指の動きが止まり、アネットの中からずるりと引き出される。それすらも新たな快感を呼び起こす。

「傷つけたのは俺のほうじゃないか。俺、あんなに身勝手だなんて思ってもいなかった」

「今だって泣かせたくないって言ってくれました。フェルナン様は本当に優しい方です」

「優しいのはいつだってアネットだろう！　見ず知らずの俺を追手から撒こうとしてくれたり……」

アネットは思わず笑ってしまう。

「お互い、お互いのほうが優しいって言い合っているんですね、私たち」

「似た者同士の俺たちは、結婚するしかないな」

片眉を上げて悪戯っぽく言うと、フェルナンはアネットのスカートをたくし上げて腰に結ばれた紐をほどく。スカートに広がりを作るパニエが外れ、床に放られた。

「俺、いつも、もっともっとおまえの奥深くに入り込みたいって思っているんだ」

フェルナンがアネットを引き寄せ、ぎゅっと抱きしめてくる。

「来て……？」

その瞬間、フェルナンが稲妻に打たれたようになった。

「アネット……俺を殺す気か？」

「え？　どうして私が？」

フェルナンはアネットを抱き起こすと、トラウザーズの前立てをゆるめて切っ先をあてがい、そのまま、ぐぐっと彼の腰に落とした。

「ああ！」

アネットは小さく叫び、躰を弓なりにして震える。

「おまえの中は温かくて……いつも、こんなふうに悦んでくれる……」

フェルナンがアネットの腰をつかんで持ち上げ、剛直を半ばまで引き出すと、再びぐちゅりと最奥を突く。

「あぁ……このまま……このままで……！」

アネットは彼の背にしがみついた。

「止まっていてほしいのか？」

「ん……幸せ……」

フェルナンが動きを止めると、彼自身がアネットの中で脈動しているのが鮮烈に感じられる。それは雄々しく温かく、彼そのもののように感じられ、アネットは狂おしいほどの快感に悶えた。

「……そうやって、俺を離すな……一生だぞ」

アネットの中をいっぱいにしたまま、フェルナンが大きな躰で包み込むように抱きしめてきた。

——もう、絶対にフェルナン様を諦めない。

アネットの瞳に涙が滲む。

ふたりとも、しばらく、ひとつの塊になったような感覚に酔いしれていた。

「アネット……わかるか？　俺たちじっとしているのに……アネットの中、俺をぎゅうぎゅう抱きしめてくれている……」

アネットにも、蜜壁がさっきから蠢動《しゅんどう》して彼にまとわりついている自覚があった。

「ん……気持ちぃ……」

「俺も……だから、もう限界だ……動くぞ」

フェルナンが再び腰を突き上げてきた。

「あぁん」

アネットの髪の毛がばさりと宙を舞う。

「アネット……きれいだ」

彼はアネットの背を片手で支え、乳暈を口に含んだ。

「フェ……フェルナン……」

アネットの総身が波打つ。

フェルナンが空いたほうの手で、アネットの乳首をこねくり回してくる。その間も彼は抽挿をやめなかった。

——頭がおかしくなりそう。

実際、おかしくなっているのかもしれない。アネットは無意識にいやいやと頭を左右に振っていた。中から雄根で小刻みに上下に揺さぶられながら、胸を愛撫され、アネットは啼《な》くことしかできない。

「あ……ふぁ……あ……ぁあん……んっ……ふ……くぅ……んっ」

しばらく寝室は、律動に合わせて立つ水音と、アネットの嬌声で満たされていた。

その音がふたりをさらなる高みへと導いていく。

「おまえの声が……俺を狂わせる！」

フェルナンがゆっくりと退きガッと最奥まで一気に穿《うが》ったとき、アネットは全身をひくひくと震わせ、頭の天辺《てっぺん》まで突き抜けるような甘美な衝撃に打たれた。

「……達《い》ったな」

というつぶやきとともに、彼がずるりと引き出し、生温かいものが太ももにぶちまけられたのを、アネットは朦朧としながらも感じ取った。


「ううん……」

アネットは気づいたら、シュミーズ一枚になっていた。

目の前にはフェルナンの、全てを肯定してくれるような優しい眼差しがある。彼は横寝で頬杖《ほおづえ》を突いていた。

ちゅっと唇に唇が重なる。

——甘～い！

「コルセットがないほうが楽だろう？」

ベッドの端に、きれいに畳まれたドレスと下着があった。それに、太ももさっぱりしている。拭いてくれたのだろう。

「こんな侍女みたいなこと、するなんて……」

アネットのつぶやきに応じることなく、フェルナンが、脇に置かれた装飾の美しいガラスの水差しを取った。

「喉、渇いた？」

アネットは喉の渇きに気づき、頷く。

すると、フェルナンが、グラスに注ぐことなく水差しからそのまま飲み始める。

——ご、豪快！

そういえば、皆のいるところでは上品にしているが、アネットとふたりきりのときは、自分のことを俺と言うし、フェルナンは公私を使い分けている。

——私にだけ素の自分を見せてくれているってこ……ん？

そのとき、顎を持ち上げられ、くちづけられたと思ったら、口内に水が流れこんできた。

アネットは目を全開にしたまま、ごくりと水を飲み込む。

唇が離れると、フェルナンが自身の唇についた水滴を舐めとった。それが舌なめずりしているように見えて、アネットはドキリとしてしまう。

——い、いちいち色っぽいんだから。

「フェルナン……さっき、私の部屋に来たのは、どういう用件だったの？」

すると、フェルナンがようやく思い出したように、自身の顔をぺちっと叩いた。

「どうしたの？　フェルナン？」

「酒を飲むな……と伝えたかったんだ」

「どうしてまた、そんなことを伝えに？」

フェルナンが苦虫を噛み潰したような顔になっていた。

「……シルヴァンの名誉のためにも、絶対に言わないといけないことがあって……」

「あの……どういうこと？」

「アネットがタルトを食べて顔が赤くなったとき、俺は、シルヴァンがしこんだ媚薬のせいだと言ったが……あれ、媚薬じゃなくてアルコールだったんだ」

「え？」

「あのぶどうタルトはワイン入りで、かなりアルコールが強く、それを心配してシルヴァンはアネットの部屋を訪ねただけだったんだ」

フェルナンが重大発表でもするように、そう告げてきた。どうも、異母兄を中傷してしまったと後悔しているようだ。

だが、アネットは別の発見に戸惑っていた。

「それじゃ……私は媚薬のせいではなくて、最初からフェルナンを欲しがっていたっていうこと⁉」

フェルナンが、何が起きたかわからないといったふうに目を瞬かせる。

「そういうことか！」と急に笑い始めた。

「な、何がそういうことなの？」

「あのとき、俺、媚薬と戦っていたんだ。いもしない敵とね」

「え？　どういう……キャッ」

フェルナンがアネットを抱き寄せる。

「アネットは媚薬のせいで敏感になっているかもしれないが、俺を求めるのは、俺のことが好きだからだって」

「可笑しい。それなら、ずっとフェルナンの勝ちよ。きっとアルコールだと羞恥心がなくなって自分の気持ちを出せるのね」

「どんどん出すがいい」

フェルナンがシュミーズの上から胸を食《は》んでくる。布がこすれ、直に吸われるのとは違う快感が生まれた。

「あ……フェルナン……」

「どこをどうしたら気持ちよく感じてくれるのか、いつも考えている」

フェルナンが胸の双丘の向こうから見上げ、シュミーズの中に手を侵入させてくる。

「そ、そんなの簡単……フェ……フェルナンが……してくれるなら……ぁ……なんだって気持ちよく……なっちゃう」

「本当だな、なら、もう一回するぞ？」

もう片方の胸の頂をシュミーズの上から強く吸われた。

「う……うぅん……して……たくさん」

「アネット、今の顔は、俺にしか見せたらだめだからな！」

フェルナンに体中を愛撫され、中に入り込まれ、アネットが再び恍惚《こうこつ》の境地にたどり着くのに時間はかからなかった。

フェルナンが荒い息で身を鎮めながら、アネットを抱き寄せてくる。

「俺たちの場合、ベッドが広くても意味がないな、くっつくから」

「もっとくっついちゃう」

アネットがフェルナンの上半身に乗り上げると、フェルナンが毛束を手に取り、くちづけてくる。

「アネット、俺が国王になるころには、同年代の本当に実力のある者を登用してみせる。そのために今、好きでもない舞踏会に出て交流し、軍隊にも所属しているんだ」

「そういうところが本当に立派で……だからこそ私、足を引っ張りたくないって思っていました。ずっと完璧でいてほしいって」

「だが、おまえが一番わかっているはずだ。俺が完璧じゃないって。自分でも思ってなかった。こんなにも嫉妬深くて自己中心的だなんて」

「いいえ。それは公私の〝私〟の部分でしょう？　能力のある方を登用するということは、この国をよくしたいというお考えがあってのことだから、私、フェルナン様のこと、すごいと思うんです」

フェルナンが照れを隠すように、手で口を覆った。

「俺は権力を自分のものにしたかっただけだ。それに権力があれば、おまえを幸せにできる」

「え？　ええ？」

フェルナンが頭頂にキスを落としてくる。

「でも今、それはスタート地点だって気づかされた。権力は自分の幸せのためだけに使ってはだめだ」

フェルナンがアネットを抱き上げ、顔を向かい合わせる。蠟燭の灯りが、迷いを吹っ切ったようなすがすがしい表情を浮かび上がらせていた。

「おまえはいつも俺を成長させてくれる」

「い、いつも？　私が、王太子殿下を？」

「そうだ。俺は王太子である前にひとりの人間なんだ。これからも俺を光の差すほうに導いてくれ」

フェルナンがくちづけてきて、アネットは彼の首を掻き抱く。

――もう離さない。あなたと肩を並べて進むわ、私！


翌朝、アネットは自室に戻ったが、昼前にはフェルナンがやって来た。

――今日が非番だって知っていたのね。

「少し、話せるかな」

彼はいつになく深刻な表情で、この訪問が甘い理由からではないことを、アネットはすぐに悟る。

長椅子に並んで座ると、フェルナンは何か考えあぐねているような表情をしていた。しばらくして彼が重い口を開ける。

「昨日の不審者の正体がわかった……エクフィユ侯爵家の私兵だ」

「……エクフィユ侯爵が私を目障りに思われているということですね？」

「そうだ。だから、今日からアネットに護衛をつける」

フェルナンが、アネットの手をぎゅっと握ってきた。

「怖いか……？」

「いいえ。私が怖がるとしたら……フェルナン様に危害が及ぶのでは……ということです」

「また同じだな。俺も、アネットに何かあったらって……それだけが……怖い」

「あの……今度、剣の稽古をつけてください。私、頑張ります！」

「そういう頑張り、求めてないから」

アネットはフェルナンに小突かれる。

いつものフェルナンに戻ったようでアネットはうれしくて、小突かれた額に手を置いた。


「シルヴァンったら、昨日からずっとそわそわして」

マンディアルグ公爵邸の、エントランスに最も近い第一応接室で、ルシールはそう言って、息子シルヴァンをからかった。

「母上こそ、その刺繍、花が緑色になっていますよ？」

「あ、あら？　茎を縫っているはずだったのに……」

ルシールは刺繍枠《ししゅうわく》に入った生地を、脇にある円テーブルに置き、窓辺に立つシルヴァンを見やる。

十五年前、公爵邸《ここ》に来たばかりのとき、九歳のシルヴァンは時々、こんなふうに窓の外を眺めていた。

唯一の兄弟にして同年代の友である、あの子のことを思って――。

フェルナン・ド・ルフォール――。

ルフォール王国の国名を姓に冠し、リーリャ王家の血統をも継ぐ完璧な王太子。

フェルナンの母が妊娠したときはショックだった。当時、王太子だったコンスタンは、王太子妃を愛していないと言いながらも、王太子としての義務はちゃんと果たしていたというわけだ。

しかも、生まれたのは男児、フェルナンだった。もしかしたら、シルヴァンが王太子になれる日が来るかもという淡い期待も砕かれた。

だが、三歳のフェルナンと四歳のシルヴァンを遊ばせているとき、ルシールの気持ちは変わった。

フェルナンは愛に飢えたかわいそうな子だったのだ。

『僕にもシルヴァンママみたいなママがいたらよかったのになぁ』

彼はそう言って羨ましそうに、シルヴァンを抱くルシールを眺めていた。ルシールの膝が空くと、すかさず座ってきたりもした。

そうだ。別に王太子になれば幸せになれるわけではない。幸せになるためには愛し愛されることが必要なのだ。

彼の父、コンスタンは、男爵令嬢であるルシールとの結婚を諦めるよう父王から告げられたとき、国を捨ててルシールと逃げようとした。それを止めたのはルシールのほうだ。だから、コンスタンを恨む気はない。

とはいえ、愛妾という、ひとりの男の愛情だけに頼る存在は、思った以上に軽かった。

シルヴァンとの遊びに夢中になるあまり、フェルナンが宮殿に戻るのが遅れて王妃が激怒したとき、国王になっていたコンスタンはリーリャ王家との関係を気にして、すぐにルシールとシルヴァンを宮殿から追放した。豪華な離宮を下賜したのは罪滅ぼしだろう。

だが、その六年後、王妃はあっけなくこの世を去る。

あまりにも急な死に毒殺という噂が立ち、リーリャ王国大使が徹底調査を求めたが、特に不審な点は見つからなかったと、今もうやむやなままだ。

その後、コンスタンは、エクフィユ侯爵の勧めで彼の妹を後妻として娶った。侯爵の権力なくして臣下をまとめられる自信のないコンスタンには逆らえなかったのだ。

コンスタンはただの育ちのいい王太子で、そんな彼をルシールは愛したが、彼にはとことん政治の才能がなかった。なので、愛する女とこの国から逃げ出そうとしたのは、あながち間違った判断ではなかったのかもしれない。

――今となっては全て、遠い日々のことだわ――。

窓の外を見ていたシルヴァンが、こちらに顔を向けた。

「フェルナンが宮殿に戻るのが遅れたとき、付き添いの侍従たちが処分されたこと、覚えていますか？」

「ええ。私たちの侍従まで処分されたわ」

当時、シルヴァンは、フェルナンを無理矢理《むりやり》にでも連れ帰るべきだったと後悔していたが、ここ十年は話題にも上らなくなっていた。

「フェルナンは、あの侍従たちのことをずっと気にしていたようなんです。今、彼らの子どもの教育に資金援助をしているとか」

「まあ……そんなことを気にして……？」

「母上も驚かれましたか。それで、この間、ほら、舞踏会で私と踊った、フェルナンの想い人であるアネットがね、弱者の気持ちがわかるフェルナンは名君になるって言うんです。それもあながち外れていないかなって」

「そう。フェルナンは恵まれているようで、恵まれていない子だから、きっとそういうところまで気が回るのね」

――父親のコンスタンとは違って……。

シルヴァンが何か発見でもしたかのように、ルシールをまじまじと見てきた。

「なるほど。そういうことか……せめて好きな女とは結婚させてやりたいものですね」

アネットもルシールと同じく、下位の貴族の出である。

国王ぐらいの年齢になると自分の選んだ人生が間違っていなかったと思いたくなるものだ。その彼が、アネットを王太子妃としてすんなり認めるとは思えなかった。

「あら、こういうのは、順番としては兄が先なんじゃなくて？」

ルシールが冗談めかしてそう言うと、シルヴァンが肩をすくめる。

と、そのとき、門扉が開く音がして、王太子専用の豪奢な馬車が入ってきた。

「兄を差し置いて先に結婚しそうな弟が到着しましたよ」

口調はつっけんどんだが、シルヴァンの顔はどこかしら、うれしそうだ。

「お迎えに行きましょうか」

ルシールが立ち上がると、シルヴァンに手を取られる。八歳のころは自分の肩くらいの身長しかなかった息子は、今や彼女が見上げるくらいの背丈になっている。

――時が過ぎるのは早いものね。

フェルナンがエントランス前の車回しで馬車から降りると、シルヴァンとその母ルシールが迎えに出てくれていた。

ルシールは、フェルナンが大きくなったと感嘆しきりだった。十五年ぶりの再会なのでそれも無理はない。

一方、ルシールは今も昔と変わらず女神のような美しさだ。橙色《だいだい》の花をメインにした大きな花束を渡すと、好きな色を覚えていてくれたとルシールが喜んでいた。

第一応接室で、三人で昔話に花を咲かせたあと、シルヴァンが自身の居室にフェルナンだけを招き入れる。

実は、フェルナンはシルヴァンにも贈り物を持ってきており、それは人に見られてはまずいものなので人払いを頼んだ。お互いの侍従たちが部屋から下がると、フェルナンはシルヴァンとローテーブルを挟んで向かい合って座る。

フェルナンはずっと小脇に抱えていた木箱をテーブルの上に置き、シルヴァンのほうに差し出した。

「国家憲兵隊長に任命されたんだろう？　祝いの品だ」

「アクセサリーか何かかな？」

シルヴァンがおどけて見せたが、この中のものは決しておどけられるようなものではない。

「それよりもっと繊細なものだから、扱いにはくれぐれも気をつけてくれ」

シルヴァンが木箱を開けると、小さな銃が現れる。こんな小さな銃はこの国ではまだ生産されておらず、彼は一瞬、目を見張った。

彼が銃を手に取ってフェルナンに問うてくる。

「小さいけど撃てるんだよな？」

「リーリャ王国で開発されたばかりのリボルバー銃だ。マスケット銃とは違い、接近戦でも使えるんだ。六発連続発射できて命中率も高い。護身用に、秘密裏に届けられた三丁のうちのひとつだ」

「リーリャ国王からしたら、フェルナンに生きのびて国王になってもらわないと困るってことか」

「伯父である現国王は、母の死因に不信感を持っているから」

「本来、同盟のための政略結婚だったのにな」

「そうだ。父の二回の政略結婚は政略的にも愛情的にも失敗している。それなのに、息子にも同じ失敗をさせようとしているんだ」

「せめて好きな女と結婚したほうがいいって？」

言いながら、シルヴァンが引き金に指を入れ、フェルナンに向けて銃を構えた。

「フェルナン、人を信用しすぎるな。私がこれでおまえを撃ったらどうするんだ？」

「そう警告してくれるのは兄上ぐらいだろうよ」

「……銃弾はどこに？」

「空《から》だって気づいていたのか。箱が二重になっていて、下の段に銃弾がある」

「気づいてなければ、可愛い弟に銃口なんか向けないよ」

早速、シルヴァンが底を開けて、銃弾を確認し始める。

「まずは練習しないとな。でも、こんな貴重なものをなぜ私に？」

「これは賄賂《わいろ》だ。アネットがエクフィユ侯爵に狙われているので、いざというときは国家憲兵隊に協力してほしい。父直属の部隊とはいえ、統率しているのは隊長であるシルヴァンだろう？」

「アネットが？　まだ婚約してもいないっていうのに……」

「今度の王宮舞踏会で、婚約を宣言するつもりだ」

「父上は説得できたのか？」

フェルナンは小さく首を振りながら答える。

「その場で皆が反対したとしても、シルヴァンに力になってもらえないだろうか。もし可能ならば、お母上にもご助力願いたい」

「私はともかく、母は王宮舞踏会には出ないと思う。エクフィユ侯爵を刺激したくないようだ」

「出ないとしても、俺たちを結婚させてやったらどうかと父上に伝えていただけるだけでもかなり違う。父上は、本当は私の母と結婚したくなかったのだから」

負けを認めるようで、ずっとシルヴァンに言えなかった事実をようやく口にできた。

「フェルナン……変わったな」

そう言われるのももっともだ。十六歳で王宮舞踏会に初めて参加し、九年ぶりにシルヴァンと再会できたというのに、フェルナンはそっけない態度で接してしまったのだから。

――あの小屋のことがきっかけで、七歳のころに戻れた気がする。

「だとしたら、アネットのおかげだ」

シルヴァンが困ったように笑った。

「なりふりかまわないフェルナンを見たら全力で応援したくなるよ」

第七章　ともに生きていくために

王宮の舞踏広間で、フェルナンはアネットと見つめ合ってダンスを披露していた。アネットがいつになく緊張している。

それもそのはず、このあと、フェルナンが実力行使に出るのを知っているからだ。

曲が終わって、フェルナンがアネットとラストポーズを取ると、ふたりに向かって皆が一斉に拍手を送る。どうしてこんな大げさな反応をされるかというと、フェルナンが王太子だからというのもあるが、彼が滅多に女性とダンスを踊らないことが大きい。

フェルナンはアネットの手を握る手に力をこめた。

「私、フェルナン・ド・ルフォールは、グランジュ子爵家のアネットと婚約いたします」

次の瞬間、拍手はぴたっと鳴りやみ、皆が皆、壁際に座す国王夫妻の反応をうかがった。国王が無表情で何も発言しないものだから誰も拍手を再開しようとしない。

「まあ！　お兄様、アネット、おめでとうございます！」

その静寂を破ったのはソランジュで、周りの侍女たちも拍手をし始めた。

さらに、シルヴァンが拍手をしながらふたりのほうに近づいてくる。

「王太子殿下、アネット嬢、おめでとうございます」

皆が意外そうにシルヴァンに視線を送りながらも、ひとり、ふたりと拍手を始め、若い令嬢たちからは、嘆き声が上がり始めた。

「ご令嬢の方々、私はまだ独身なので悲しまなくていいですからね」

シルヴァンがそんな冗談で笑いを取ってくれたおかげで場が和み、フェルナンは皆にこう告げることができた。

「婚約祝賀の舞踏会を催すつもりですので、ぜひご参加ください」

いよいよ皆が盛り上がる中、フェルナンはアネットを連れて国王のもとに行く。だが、国王に、フェルナンとふたりだけで話したいと言われてしまった。

フェルナンがアネットの様子をうかがうと、アネットは、心配しないで、とばかりに微笑んで頷く。と、そのとき、シルヴァンがやって来て目配せで、あとは任せろと告げてきた。

今日ほど、この異母兄に感謝した日はない。

王族用の控室に入ったとたん、国王コンスタンがフェルナンを叱りつけてきた。想定内のことだ。

「勝手なことを！　私は有力者の娘を、と言ったはずだぞ！」

「父上のご意向に沿えず、申し訳ありません」

父に歯向かったのはこれが初めてで、これからどうなるのか、フェルナン自身にも想像がつかない。

コンスタンが、どさっと長椅子に身を下ろし、手で双眸を覆う。

「おまえは今まで、王太子として完璧だったはずだ」

「そうです。父上に認められたくて、父上の望むように、父上に喜んでいただけるように、完璧以上を目指してきました。それが、なぜだかおわかりになりますか？」

父が顔から手を離し、フェルナンを見上げた。

「……なぜだというんだ？」

「父上が愛してらっしゃるのはシルヴァンとその母親でしょう？　私には王太子の位しかなかったからです」

ようやく口にできるようになった。今までこの事実を認めたくないという想いがどこかにあった。

──母の呪詛《じゅそ》がずっと効いていたのかな。

父が忌々しそうに口を開いた。

「愛か……おまえとそんな話をするときが来るとはな。そうだ。余の寵愛《ちょうあい》を受けたのは今も先もルシールしかおらぬ。だからこそ愛妾にしているのだ。政権を安定させるためだけでなく、彼女を守るためでもある」

──安定どころか政権を乗っ取られているじゃないか！

二代にわたって乗っ取られてなるものかと思うが、さすがにここまで言うのは憚られた。

「それでしたら……エクフィユ侯爵家や周りの方々には、父上がお止めになったのに私が勝手に婚約宣言をしたとおっしゃっていただけませんでしょうか」

「余には迷惑をかけないということか？」

「ええ。アネットとの婚約を認めてほしいとは申しません。ただ、見逃していただきたいのです」

国王はしばらく何か考えたふうになったあと、不機嫌ながらも、こう告げてくる。

「いいだろう。だが、何があっても知らんぞ」

「ありがとうございます！」


コンスタンが舞踏広間に戻ると、玉座の周りには王妃だけでなく、エクフィユ侯爵と、その一派が集まっていた。

王妃ヴェロニクが心配そうに話しかけてくる。

「王太子様には、なんとおっしゃってくださったのですか？」

心配そうなのは表情だけで、その内容は脅しのようなものだ。隣でエクフィユ侯爵の目が光っている。

「あいつは初恋にのぼせ上がっていて、余が何を言っても聞く耳持たなかった。まあ、すぐに正気に戻るだろう」

「ですが、評判の悪いご令嬢でしょう？　悪魔憑きとかいう噂もございますわ。王太子様がいっときでも悪魔に騙《だま》されたとしたら大変なことになります」

――どちらが悪魔なんだか……。

「わかっている。余は認めないから安心しろ」

国王を説得して婚約の許可をもらえたと、フェルナンから聞かされたが、アネットは半信半疑だ。

――フェルナンの立場が悪くなってないといいのだけれど……。

だが、彼が婚約を急いだのは、エクフィユ侯爵家からアネットを守るためだとわかっているので、アネットは何も言えなかった。

そんなある日、天気がいいからと、フェルナンに誘われて、裏庭でお茶をすることになった。

夏が近づき、アーチ型に草花を這わせたトンネルには色とりどりの薔薇《ばら》が咲き誇っている。日差しが強いので、円形テーブルはその下に置かれた。

アネットは、フェルナンとともに庭の花を愛でたあと、そのテーブルに着いた。ふたりきりのときは必ずくっついて隣に座るフェルナンだが、人目があるときは普通に向かいに座る。

早速、侍女がポットを運んでくる。その侍女をアネットは見かけたことがなかった。

アネットは一度会っただけで侍女の顔を覚えることができる。三百人にもふくれあがった『姫女帝国』のメンバーを管理する上で磨かれた能力だ。

「あなた、初めてお見かけしたわ。王太子様付きの侍女なの？」

フェルナンの世話をするのは、ほとんどが侍従だが、少数ながらも侍女がいる。全員、顔と名前を一致させているつもりだった。

「え、ええ。シュザンヌと申します。以後お見知りおきを。さぁ、お召し上がりください」

カップに注ぎ終わると、シュザンヌはそそくさとフェルナンのほうに向かう。

王太子付き侍女であるイヴェットが近くにいたので、アネットはそれとなく聞く。

「イヴェット、今、ポットを持っているシュザンヌは、最近、王太子様付きの侍女になったのかしら?」

すると、イヴェットが意外そうにこう答えた。

「シュザンヌというお名前なのですね。王女様付きの侍女と聞いていたので、アネット様と面識があるのかと思っておりました」

「いいえ、今、彼女は王太子様付きの侍女だって……。王女様付きなら私、最近入った方だって全員存じ上げているもの」

「それどころか、下働きまで顔と名前が一致していると聞きましたわよ。清掃係が名前を叩んでもらえてうれしかったと……」

イヴェットの言葉は最早《もはや》アネットの耳には入っていなかった。

フェルナンのほうに目を向けると、もうカップに注ぎ終わっていて、シュザンヌがどこかに行ってしまっている。

アネットは立ち上がった。

「あの、今、ポットを持っていた侍女……シュザンヌはどこに?」

「厨房にポットを戻しに行きました」

その言葉が終わるかいなかというときに、アネットはフェルナンのところまで行って、彼からカップを遠ざけた。

「アネット、どうした？」

怪訝そうにアネットを見上げるフェルナンに「絶対に飲まないでください」と言った瞬間、彼は察したようだった。

アネットは少し離れて立っている衛兵たちに告げる。

「衛兵の皆様、先ほどの鳶色の髪に青い瞳の侍女を急いで探してください！」

もうお茶会どころではない。あらゆる門扉を閉じて王宮全体の捜索が始まるが、その侍女が見つからないまま翌日を迎えることになった。


「あの紅茶にはゲルセミウム・エレガンスの葉が入っていました」

王室薬剤局、局長はそう告げると、テーブルの上に処方箋のような紙を置いた。

局長の背後の棚には、薬壺や薬剤瓶がずらりと並んでおり、部屋のテーブルは、蒸留装置やフラスコに占拠されていて、フェルナンは王太子ながらも立ったまま、側近のエッカルトと肩を並べて局長と向き合っている。

アネットはフェルナンから半歩下がったところで、差し出された紙に目を落とした。

そこには、水仙のような形の黄色い花を咲かせ、大きな緑の葉をつけた植物が描かれていた。

フェルナンがその紙を手に取る。

「主な症状は呼吸困難。ほかに全身痙攣、嘔吐《おうと》、下痢、瞳孔拡大……か。解毒剤は？」

「残念ながらございません」

「確実に殺しにきてるな」

彼の眼差しが、見たことがないほど鋭くなったので、アネットは彼の手を取り、握りしめる。

フェルナンが振り返った。だが、いつものように笑いかけてはくれず、すぐに局長のほうに向きなおる。心なしか青ざめていた。

殺されかけたのだから、余裕がないのも当然だ。

「今回の紅茶の分析結果は国王様まで上げてもよろしいでしょうか」

「ああ。そうしてくれ。私からも父に伝えておく」


王室薬剤局を出てからのフェルナンとエッカルトは終始無言で、王太子の居室に入ると、エッカルトがすぐに人払いをした。

フェルナンとアネットが同じ長椅子に座り、エッカルトが向かい合って座ると、フェルナンは開口一番こう告げた。

「今思えば、母の死因もゲルセミウム・エレガンスだったんだろうな……」

だからフェルナンは顔を強張《こわば》らせていたのだ。

「亡き王妃様は亡くなる直前、痙攣されていたと私もうかがっております」

フェルナンが双眸を手で覆った。

「瞳孔も大きくなっていた……いつもと顔つきが違うと思ってまじまじと見たから……忘れられない」

少年時代に母親のそんな様子を目の当たりにしたということだ。

しばらく、皆、口を噤んでいたが、エッカルトが沈黙を破る。

「アネット様が気づいてくださらなかったら、どうなっていたことか……。ただ、残念ながら、今の時点で犯人の女は捕まっておりません」

「あの女は末端で、真の雇い主が誰かなんて知らされていないだろうから、どうでもいい。どのみち今回も、誰の差し金かは証明できない」

――今回もってそういうこと？

「ですが、この間、アネット様を狙った私兵はエクフィユ侯爵の配下だとわかっております。そこと結びつけて、証明できないものでしょうか」

「状況証拠だけだと、父を説得するのは難しい……。父は面倒なことにかかわりたくない性質《たち》だしな。それより、アネットの警護を強化してくれ。口にするものは全て毒見すること」

――ええ？　私まで？

　エッカルトが頷く。

「私もその必要があると思っておりました」

「婚約者と公言すれば、手を出しにくくなると思ったんだが、いよいよ牙を剥いてくるとは……王室の権威もへったくれもないな……」

　フェルナンが口惜しそうに自身の大腿を拳で叩いた。

　そんな彼を苦渋の表情で見つめていたエッカルトが、アネットのほうに顔を向ける。

「アネット様、近衛隊の選《え》りすぐりを護衛におつけしますから、ご安心ください」

「あ、ありがとうございます」

「いえ。感謝しないといけないのはこちらのほうです。エクフィユ侯爵の尻尾をつかみ、さらには王太子様を毒から守ってくださいました」

　真顔で感謝され、アネットは照れてしまう。

「い、いえ……そんな……たまたまですわ」

　フェルナンは視線こそアネットに向けているが、表情が読めない。

「エッカルト、席を外してもらえるか」

「はっ」と答えて立ち上がると、エッカルトは「アネット様の警護のことなど、今すぐに相談してまいります」と言い残して去っていった。

ふたりきりになると、アネットはつい意識してドキドキしてしまう。

フェルナンがアネットの両手をまとめて包んで、切なげな眼差しで見つめてきた。

――さすがにこの状況だとキス以上はまずいわ。

「アネット、俺たち……しばらく離れていよう」

意外な提案に、アネットは絶句してしまう。

「え？　こっそり会うこともないの？」

「ああ。前、アネットが言っていただろう？　アネットを狙っていた男たちが、『王太子が侍女の部屋に向かった』という情報を伝えられて引き上げようとしていたって。スパイがいるということだ。婚約を祝う舞踏会も延期させてくれ。何があっても俺を信じてくれるな？」

あまりにも真剣な表情に、アネットは「は、はい」という気の抜けた返事しかできなかった。


それからというもの、フェルナンが全く訪れてこなくなり、一週間でアネットは寂しさに耐えかね、再び王女のところに出仕し始める。

「アネットは兄と婚約するのだから、うちで仕事しなくていいのに」

そう言うソランジュに泣きついて、将来の義妹のところに遊びに来ているという体《てい》で訪問させてもらうことになった。

ソランジュが朝食に行き、ほかの侍女たちとの歓談の時間がやって来る。

——これこれ、こういう時間がないとつまらなくって。

だが、いつになくヴァネッサが暗く沈んでいる。

「ヴァネッサ、体調でもお悪いの？」

「アネット、ちょっと聞いてくださらない？」

ヴァネッサがすがるようにアネットの手を取ってくる。

「マンディアルグ公爵様がご紹介くださったナゼール様、あれだけせまってきておいて、最近、連絡すらくれなくなったのよ～」

「な、なんですって？」

ナゼールの瞳は、傍《はた》から見ていても恋する男のものに見えた——。

——もしかして私、男を見る目がない⁉

ほかの侍女が口を挟んでくる。

「公爵様もそんな感じで、すぐ飽きるらしいわよ。類は友を呼ぶということじゃなくて？」

——シルヴァン様が遊び人なのはわかっていたけど……。

フェルナンはシルヴァンの友どころか異母弟である。フェルナンは違うと思いたいが、実際、ここ一週間、顔すら見ていない。

——いえいえ。惚れた男を信じないでどうするっていうの！

そんな悶々《もんもん》とした気持ちのまま、さらに一週間が経ち、王宮舞踏会の日となった。その間、フェルナンは一度も姿を現さなかった。

フェルナンが婚約宣言をしてくれた前回の王宮舞踏会が、ひと月前だというのに遠い日のことのようだと思いながら、アネットはひとりで舞踏広間に入る。

顔を動かさずに、さりげなくフェルナンを探すと、国王夫妻の前でエクフィユ侯爵令嬢と楽しそうに談笑していた。

——フェルナンは私を守るためにエクフィユ侯爵派を油断させようとしているのよ。

アネットが自身にそう言い聞かせていると、クロエの、これみよがしな声が聞こえてきた。

「どう考えても、あちらのほうがお似合いよね」

身分的にも外見的にもデルフィーヌのほうがお似合いなことぐらい、アネットが一番よくわかっている。だが、実際のところは、デルフィーヌはエクフィユ侯爵の娘であることが仇になってフェルナンに嫌悪されている。とはいえ、アネットより王太子にふさわしい令嬢などたくさんいる。

だが、フェルナンは変な女《アネット》以外、愛せそうにないと言ってくれた。

——待って。

『愛せない』ではなく『愛せそうにない』という曖昧な表現だった。

——いえいえ、信じてくれって言われたじゃないの！

そんな葛藤をしていると、ソランジュに腕を取られ、耳打ちされた。

「お兄様はアネット一筋よ」

「ソランジュ様……お見通しですね」

——会えない日々が続くと、つい不安になるけど、気を確かに持たないと！

そんなある日、実家の馬丁から手紙が届いた。当時、馬の世話などを通して話す機会はあったが、実家から何かしらの報《しら》せがあるというのは初めてで、アネットは、いやな予感がする。

案の定そこには、アネットの愛馬シャンタルが痙攣を起こして亡くなったとあった。その前日まで元気だったので信じられないし、申し訳ないとしたためられていた。

「シャンタル！」

何がなんでも王宮に連れてくればよかった。実家で唯一の友はシャンタルだったというのに——。

ひとしきり泣いたあと、アネットは再び手紙に目を落とす。

——痙攣を起こした？

ゲルセミウム・エレガンスと同じ症状だ。

そして馬が死んだ日付は、毒を盛られた日の三日前だ。まず人に毒を試す前に、動物で試すというのは常套手段《じょうとうしゅだん》ではないだろうか。

——あの侍女は、もしかして……実家の差し金？

アネットを殺したいほど憎いということか。とはいえ、ドロテやクロエに、王太子をも巻き込む度胸があるとは思えなかった。

——でも、シャンタルで毒を試したということは……そういうことよね？

フェルナンに伝えないと、と思ったが一瞬だけだ。彼は『スパイがいる』と言っていた。彼の計画を台無しにするようなことがあってはならない。

だが、このところ音沙汰がないのは、本当にスパイだけが理由だろうか。

フェルナンは護衛をつけてくれるようなことを言っていたが、立ち消えになっているし、興味を失われているような気がしてならない。

——それなのに、私の実家のことで迷惑をかけるわけにはいかないわ。

アネットは、こっそりグランジュ子爵邸を訪ねることにした。動きやすい庶民の恰好をして宮殿を抜け出す。あっさり出られたことにアネット自身、驚いた。

——本当に警護されていないんだわ、私。

だが、エクフィユ侯爵家が寄越《よこ》した私兵だって、特技の回し蹴りだけで倒せたではないか。今回は帯剣もしている。

——なんたって王女様の番犬なんだから、自分の身ぐらい、自分で守らないと。

とはいえ、実家の裏門を見ると急に怖気《おじけ》づいてしまった。

まだ父が亡くなったばかりのころ、正門から出ようとしたら、義母ドロテに『身汚いおまえが正門を使うなんて！　今後は裏門をお使い』と怒鳴られて、泣きながらこの門を通った。

唯一自分のことを想ってくれていた乳母のポリーヌと別れたのは、この裏門だ。離れがたくて、ここでふたり涙していたら、ドロテに『さっさと出ておいき』と罵られ、ポリーヌは『守ってあげられなくてごめんなさい』と涙ながらに告げて、踵を返した。

いろんな恐怖が頭の中を駆け巡り、足がすくむ。

――フェルナンの安全を確保するためよ！

そう自分を奮い立たせ、アネットは裏門から菜園へと急ぐ。彼女が野菜を栽培していた畑だ。そこには今もニンジンやカボチャの葉が茂っていた。どの実も馬の好物だが、まだ実のなる季節ではない。

アネットが屈んで畑をじっと観察していると、中央に黄色い蕾のついた低木が数本生えていた。

――王室薬剤局で見た絵とそっくりだわ！

フェルナンの前に置かれた紅茶のカップを思い出し、アネットは恐怖で震える。

――私の命よりも大切な人をよくも……！

アネットは畑の中に入り、短刀で枝を切った。葉が六枚と蕾がひとつ。これが証拠になるだろう。

それをバッグの中に入れたところで、クロエが現れ、アネットはぎょっとしてしまう。

――もう恐れることはないのよ、アネット。

今はもう、あのときのようにひとりじゃない。自分を理解し、認めてくれる人がいる。

アネットが自身にそう言い聞かせて呼吸を整えていると、意地悪そうな声でこう聞かれた。

「ねえ、今、何を穫《と》られたの？」

それはこちらの台詞《せりふ》だ。アネットの畑で何を育てているのかと――。

「何って、私、知っているのよ！　ゲルセミウム・エレガンスっていう毒草でしょう！」

クロエの反応は、想像していたのと全く異なった。

罪が明かされたというのに慄きもせず、悪びれもせず、小さく笑って視線をアネットの斜め後ろにずらした。

「おくわしいんですのね」

背後から、あの小鳥が囀るような美しい声が聞こえて、アネットが振り向くと、エクフィユ侯爵令嬢デルフィーヌがそこに立っていた。護衛用の私兵と思われる者たちが彼女の後ろに七、八人いて、なんだか物々しい。

彼女は、何か汚いものを見るかのように眉根を寄せ、ハンカチーフで口もとを押さえていた。

――どういうこと？　やっぱり黒幕はエクフィユ侯爵だったってこと？

「アネット……クロエから悪魔の化身と聞いて、半信半疑だったけど、王太子様を殺そうとするなんて……恐ろしい方！」

アネットはざぁーっと全身を粟立たせる。

――罪を私になすりつける気なんだわ！

おそらく、彼女たちの筋立てはこうだ。アネットがここで毒草を栽培して王太子の紅茶に毒を盛り、犯人に見せかけた侍女を逃し、その罪をエクフィユ侯爵家になすりつけようとしている――。

――音信不通だった馬丁が急に連絡してきたのって！

「わ……私は王太子様をお慕いしております。殿下を害するようなことなど、できっこありません！」

デルフィーヌが、アネットを憐《あわ》れむように微笑んだ。

「あら、でも国王様は私に王太子妃になってほしいとおっしゃっていたし、フェルナン様も、あなたと距離を置こうとしてらっしゃるようよ？」

アネットは、国王がフェルナンに、デルフィーヌを王太子妃にと勧めていたのを思い出して辛い気持ちになる。

そのとき、ソランジュの声が頭の中に響いた。

『お兄様はアネット一筋よ』

そうだ。国王に気に入られなくても、そんなことはどうでもいい。自分を一番に考えてくれる人を信じるのだ。むしろデルフィーヌは、フェルナンの策略にまんまとはまって油断しているのではないだろうか。

「周りにどう思われようとも、王太子様をお慕いする気持ちが揺らぐことはありません！」

アネットは毒草を掲げてデルフィーヌにきっぱり告げると、クロエに顔を向ける。

「馬を殺したのはあなたよね⁉　シャンタルでこの毒を試して、今度は王太子様って……あなたが憎いのは私だけでしょう⁉　エクフィユ侯爵令嬢のためにやったのだとしたら、あなた馬鹿よ！」

クロエも利用されている自覚が少しはあったようだ。いつもならすぐに反論してくるのに押し黙って、不安そうにデルフィーヌを見やる。

デルフィーヌが忌々しそうに目を眇《すが》め、背後の護衛たちのほうを向いて、こう命じた。

「何をしているの！　さっさとアネットを捕らえて王太子暗殺未遂犯として国家憲兵隊に差し出すのよ。捕らえるときに、アネットがうっかり命を落としても誰も咎めはしないわ！」

私兵たちが「はっ」と、声を上げ、アネットのほうに近づいてくる。

二、三人ならなんとかなるが、ここで下手に剣を出して抵抗したら、それを理由に殺されかねない。

――私に護衛をつけるって話、なんだったのよ～！

アネットが心の中でそう叫んだとき、私兵たちが急に立ち止まった。彼らは、なぜかアネットの背後を見ている。彼女が不思議に思って振り返ると、フェルナンがこちらに向かってきていた。

――どうして、ここに⁉

フェルナンが、アネットの前に出て剣を構える。

「私の婚約者を捕らえるつもりなら、この王太子を斃《たお》してからにしてもらおうか」

とたん、私兵たちが怯えた様子になり、デルフィーヌの顔色をうかがった。

フェルナンがアネットに背を向けたまま、声を潜めて囁いてくる。

「邸《ここ》に着いたら、アネットが皆の前で、俺のことを慕ってるとか告白しているから、出るに出られなくなってしまったじゃないか」

「あ、あそこから聞いていたの？」

アネットの畑は邸の角に近いので、フェルナンは角の向こうに潜んでいたのだろう。

彼が一転して、怒りを含んだ低い声に変え、デルフィーヌに問う。

「デルフィーヌ、これはどういうことだ？　説明してもらおうか」

デルフィーヌが手の動きで、私兵たちに下がるよう命じた。

「ど……どうって……図らずも殿下の暗殺未遂犯が見つかったので、国家憲兵隊に引き渡そうと思いまして……」

アネットは、フェルナンの長上衣をぎゅっと握る。

「殿下、おわかりかとは思うのですが、私は決してそんな……」

デルフィーヌがアネットの言葉を遮る。

「たとえ一度婚約をお考えになった女性だとしても、殿下は次期国王で、公平性がおありですもの。罪を見逃したりなさいませんわよね？」

フェルナンの背が震えた。笑っているようだ。

「せっかく褒めてもらったのに悪いが、私はアネットに殺されるのなら本望だ」

――フェルナンったら、何を言い出すの！

「私が殿下を殺すわけないでしょう！　むしろ、私の馬の死因がお茶会の毒とそっくりだったので、馬が誤食しそうな私の畑を見て証拠をつかもうと……」

フェルナンが顔を振り向かせ、ほかの人に聞こえないような小声で告げてくる。

「わかってる。俺を慕っている婚約者が俺を殺してどうするんだ」

フェルナンがデルフィーヌに向きなおったとき、彼女のいら立ちは頂点に達していた。

「殿下がアネットに殺されてよくても、我が国としてはこの娘のために、王太子殿下を失うわけにはいきません」

フェルナンが、ハハッと乾いた笑声を漏らした。

「おもしろいことを言うな。アネットがアネットに毒を盛ったって？」

「自分で盛ったのなら、飲まなければいいことです」

「アネットなら、いつだって私を殺せたさ」

「それにお気づきになって最近、アネットと距離を置いてらっしゃったんでしょう？」

「君に油断させて、こうして尻尾を出してもらうためだよ。それにしても、殺したい相手の実家で毒草を栽培させるとは……いい趣味してるな」

デルフィーヌが、恐怖で震えているクロエを見やり、フンと鼻で笑った。

「そういうことでしたのね！　クロエが姉のアネットを憎んでいることは存じておりましたが、まさか毒殺しようとするほどとは……。ねえ、アネット、そこまで妹に憎まれるなんて、一体何をなさったの？」

痛いところを突かれ、アネットは何も答えられなくなってしまう。

すると、フェルナンが手を繋いでくる。

「虐待されていたアネットのほうに非なんか求めるな！」

そのとき、ずっと黙り込んでいたクロエが口を開けた。

「殿下！　申し訳ありません！　父が生前、いつも姉のことばかり褒めていたものですから……口惜しくて。しかも殿下のご寵愛まで受けて……惨めになって……それで悪口を言ってデルフィーヌ様に取り入ろうとしたら、悪魔の妹として毒草の栽培を命じられてしまい、断りきれなかったんです」

「クロエ⁉　私に罪をなすりつける気なの？」

すごい形相でクロエを睨むデルフィーヌを一瞥すると、フェルナンはクロエを横目で見下ろす。

「クロエ、早々に自首したのは賢明だが、謝る先が間違っている」

クロエがアネットのほうに躰を向けた。

「お姉様、申し訳ありませんでした！」

アネットは呆気に取られてしまう。

その瞬間、クロエの表情にこびりついていた悪意が崩落し、追いつめられた仔羊のようになった。

悪魔に憑かれていたのは彼女のほうではないのか。嫉妬という悪魔に――。

「そう。そうだったの……。どうしてここまで憎まれるのか、わからなかったのだけど……そんな理由だったのね……」

王太子を害するような犯罪に手を貸すことになって、さすがのクロエも怖気づいたのだろう。

クロエの始末はついたとばかりに、フェルナンがデルフィーヌに軽蔑するような眼差しを送る。

「悪事が露見しそうになったら、姉妹ゲンカで片付けようと、そのために、わざわざここでクロエに毒草を栽培させたんだろう？　だが、残念ながら、この毒草は種も株も、一介の令嬢が手に入れられるような代物《しろもの》じゃないんだよ」

デルフィーヌの目が据わる。

「……殿下、だからといって私をどうこうできるとでもお思いですか？」

フェルナンが小さく笑った。こんな意地悪そうな笑みを見たのは初めてだ。

「叔母上の王妃や、父上である侯爵が守ってくれるはずだって？　だが、守るにも限界があるだろう？　さっき君も言っていたじゃないか。我が国としては王太子を失うわけにはいかないって。なんのために今まで完璧王太子でいたと思っているんだ？」

デルフィーヌが、刮目《かつもく》したまま微動だにしなくなった。やがて、こう叫ぶ。

「皆、この者は王太子様のふりをした不審者よ！　王太子様がこんなところにいるわけがないもの。殺しておしまいなさい」

「で、ですが……」と私兵たちが顔を見合わせている。

「この件が発覚したら、侯爵家だけでなく、あなたたちだって同罪になるわ！　ここで始末して、王太子暗殺犯としてアネットを国家憲兵隊に突き出せばいいのよ！」

「アネット、下がって」

フェルナンが小声で囁いてきたが、そんなこと、できるわけがない。

「私、蹴りには自信があって……」

「今は俺に守られていろ！」

フェルナンが右手で剣を構えたまま、左手で取り出したのは小さな銃だった。腕を伸ばして、天に向けて発砲する。

それが合図だったようで、邸の角から軍人たちがなだれ込んできたのだが、その軍服は近衛隊のものではなく、先頭で指揮しているのはシルヴァンの副官、ナゼールだった。彼が声を張り上げる。

「国家憲兵隊、第一歩兵連隊全員で、おまえたちの悪事はしかと聞いたからな！」

――ヴァネッサが、ナゼールが連絡をくれなくなったってこぼしていたけど……。

王太子暗殺未遂事件で忙しくなっていただけなのではないだろうか。

ナゼールとその部下が、フェルナンとアネットの周りで剣を構えると、フェルナンが皮肉っぽくこう告げた。

「国家憲兵隊に突き出せばいいって言っていたから、呼んでやったよ。ただし突き出されるのはデルフィーヌ、おまえのほうだ」

エクフィユ侯爵家の私兵は次々と剣を捨て、降参とばかりに手を挙げた。

フェルナンが白手袋をはめた手でデルフィーヌの腕をつかむと、クロエのほうを見やる。

「それと、クロエ、おまえもだ」

「も、申し訳ありません！」

クロエがその場で泣き崩れた。

「王太子を殺害するための毒草を育て、その罪を姉になすりつけるとはな」

アネットは、改めて異母妹の罪の重さを感じ、フェルナンの背に頭をつけた。

「フェルナン……妹が、ごめんなさい」

「血の繋がりは気にするな。これでようやくアネットの敵が社交界から追放される。そう思って安心したらいい。クロエは、デルフィーヌの指図を受けて栽培しただけだから大した罪にはならないさ」

とはいえ、罪人の異母姉が王太子と婚約なんて許されるものだろうか。

「ここからが勝負だ。デルフィーヌを端緒《たんちょ》として、本丸の侯爵も引きずり下ろさないと」

「もしかして……たまたまではなく、殿下が国家憲兵隊をお連れになったんですか？」

「子爵邸に偶然、俺と国家憲兵隊がいたとでも？」

フェルナンが、半眼になってアネットを横目で見てくる。

「で、では……どうして？」

「護衛をつけるって前、言っただろう？」

「護衛……つけてくださっていたんですか？」

「近衛兵の中でも選りすぐりだから、本当に気配を消せていたんだな。グーディメル大尉、タンヴィエ少尉、出てきていいぞ」

フェルナンがそう告げると、邸の角から、おずおずと出てきたのは中肉中背の庭師とその助手といった風貌の男ふたりだった。

――背景に溶け込みすぎて、全然わからないわ！

「おふたりが、ずっと私を警護してくださっていたのですか？」

「ああ。だから、アネットが今日まで一度も実家に戻ってないことは証明できる。そのアネットがここで毒草の栽培なんかできるわけがないだろう？」

「ありがとうございます！」

と、アネットが護衛のふたりに丁寧なお辞儀をすると、大尉が恐縮した様子になった。

「とんでもございません。王太子様の大事な方をお守りする任務につけていただき、光栄至極に存じます」

「それにしても私、全く気づきませんでした。本当に凄腕《すごうで》でいらっしゃるのですね」

部下の有能ぶりが伝わったのがうれしいのか、フェルナンが得意げな顔になる。

「宮殿では使用人の恰好をしていたからな。しかも、大尉は鳩《はと》の扱いが天才的で、アネットがこの邸に向かった時点で異変を感じて、鳩で知らせてくれたんだよ」

「鳩……？」

よく見ると、大尉が手にしたスコップの持ち手のところに鳩が一羽止まっていた。

「殿下が駆けつけてくださったのは……そういうわけだったのですね」

――護衛もつけてもらえないって、いじけていた自分が恥ずかしいわ。

国家憲兵隊は国王直属の部隊であるとはいえ、シルヴァンが統率しているので、デルフィーヌを尋問することができた。

共犯関係であるクロエを別に尋問することで、デルフィーヌの嘘を暴き、その事実を国王に上申し、エクフィユ侯爵を王太子暗殺未遂、ならびに前王妃暗殺の首謀者として、処刑まで持っていけた。

エクフィユ侯爵という爵位は剥奪《はくだつ》され、侯爵領は没収となる。首謀者はあくまで侯爵自身であるということで、デルフィーヌは処刑でなく幽閉になった。プライドが高く、贅沢《ぜいたく》に慣れ切った彼女にしたら死んだほうがマシだったかもしれない。

王妃は、王子を産んでいるということで、恩赦され、修道院に入るだけで済んだ。

フェルナンはシルヴァンとともに、父王にこの処置を報告する際、身構えて臨んだのだが、あっさり承認され、正直、父王がこの事件を利用したとしか思えなかった。

この国を治めるのに、エクフィユ侯爵の権力を利用しようと、好きでもない女と結婚したものの、最近の侯爵は私利私欲に走り、目に余るものがあったからだ。

最終章　末永く☆夜露死苦

――ついに来た……この日が……！

結婚式当日、フェルナンは王太子妃の居室で、アネットの着替えを待ちながら感慨に浸る。

国家憲兵隊によってデルフィーヌが捕らえられてから、アネットと結婚するまで一年以上が経っていた。

さすがに王太子暗殺未遂、前王妃暗殺犯の特定、宰相の処刑、王妃の追放があったとなると、一年くらい間を置いてから結婚しないと、臣下どころか国民からも顰蹙《ひんしゅく》を買ってしまう。

――やはり、アネットとの結婚はできるだけ多くの人に祝福してもらいたいからな。

ここ一年の間、フェルナンが最も辛かったのは、最後まですることを我慢したことだ。結婚前に妊娠させたら、いよいよ祝福してもらえなくなる。

――付き合い始めたとき、外出するつもりが失敗……なんてことがあったからな。

なので、フェルナンは今晩のことを考えると、楽しみというよりも、ようやくこの苦しみから解放される喜びのほうが大きい。

隣室から侍女が出てきて、フェルナンに辞儀をした。

「アネット様のお着替えが終わりました。化粧はまだです」

侍女が化粧のことについて触れたのは、フェルナンが事前に、化粧前に声をかけてほしいと頼んだからだ。アネットには内緒で、ある客人を呼び寄せていて、会ったらアネットが泣きかねない。

フェルナンは立ち上がると、隣の椅子に座っている女性に目配せし、開いた扉のほうに手を差し出す。

「どうぞ、こちらへ」

すると彼女は、おどおどしながらも立ち上がって辞儀を取った。

フェルナンが着替え用の部屋に足を踏み入れると、そこには金糸と宝石で彩られた白いドレスを纏う、美しすぎるアネットがいた。

そのアネットの顔が輝く。

「フェルナンったら、瞳の色と同じ青のサッシュが決まっていて、とても素敵ですわ」

彼も結婚式用の衣装を着ていたのだった。

「アネットが金糸の刺繍をしてくれたから、この長上衣《ジュストコール》は私の宝物だよ？」

フェルナンは思わず、彼女の腰を引き寄せ、頭にキスを落としてしまう。

――と、客人を紹介しないと。

「アネット。晴れ姿を見せたい方を呼んだんだ」

彼が扉のほうに視線を移すと、アネットも同じほうを見た。途端、彼女は目を見開く。

扉の向こうで、遠慮がちにこちらを見ていた乳母ポリーヌが、感極まったふうに口を手で覆っていた。

「まあぁ、アネット様ったら、お美しくなられて……！」

アネットが駆け寄り、ポリーヌに抱きつく。

「ポリーヌ！」

「私のほうが、背が小さくなってしまいましたわね」

ポリーヌの言葉がフェルナンの胸を刺す。アネットはまだ十四歳だったときに、実家で唯一、自分を愛してくれていた乳母を失ったのだ。

アネットが泣くだろうから、化粧をする前に会わせようと思っていたが、気づいたらフェルナンまで泣きそうになっていた。口を一文字に結んで涙を抑える。

「会いたかった……ずっと」

アネットの声は嗚咽《おえつ》まじりになっていた。

「アネット様……何度かお手紙を書いたのですが、返事がなくて……心配しておりました……」

アネットが躰を少し離す。その頬は涙に濡れていた。

「お手紙？　きっと義母が握りつぶしていたんだわ。私には一通も……」

「お返事がないので、そんなことだろうと思っておりました。お力になれず、申し訳ありません」

「いいえ。別れたあとも、あの餞別の化粧道具が私の心の支えだったわ」

ハンカチーフで涙を拭きながら、アネットがフェルナンのほうに顔を向けてくる。

「フェルナンがポリーヌを探し出してくれたのですね？」

「ああ。そんなところだ」

ポリーヌがフェルナンに会釈をしたあと、アネットに向きなおった。

「王太子様から、アネット様が私のことを母親代わりだと言ってくださったと聞き、感激しました」

「そうよ。あなたが愛情を持って育ててくださらなかったら、私はここにいないわ。ポリーヌは今、どこで暮らしているの？」

「資産家の邸宅で、住み込みの使用人をしております」

「そうだったの……。もし、よかったら、ここで暮らしてほしいけれど……それは私の我儘かしら」

「ここって王宮ですか？　そんな！　私ごときが」

「それを言うなら、〝私ごとき〟が、これから王太子妃になろうとしているのよ？」

アネットが泣き笑いのような表情になった。

「アネット様が王太子妃様になられるのに、こんなところまで入り込んでいいものでしょうか」

「何を言うの。ポリーヌこそ、素敵なドレスが似合っているもの」

「王太子様が下賜してくださったのです」

アネットがフェルナンのほうを向いた。

「ということは、ポリーヌが今日、参列できるよう手配してくださったのですね？」

「ああ。もちろんだ。アネットの母親代わりということは私の母も同然だからな」

「そ、そんな恐れ多いです！」

慄くポリーヌに、フェルナンは告げる。

「できれば、王太子妃付きの女官になってほしい」

「女官だなんて滅相もございません。アネット様のお傍にいられるだけで幸せです」

「そう言ってくれる人が必要なんだよ、私たちには」

フェルナンがアネットを抱き寄せると、アネットが深く頷いた。


ポリーヌのおかげで、いい結婚式になった。

アネットは参列席にいるポリーヌを見て涙ぐみ、ポリーヌもまた、涙を拭き拭き、アネットを見守っていた。フェルナン以外にも、アネットを愛してくれる存在がいることが心強い。

結婚披露の舞踏会では、アネットは淡いピンクを基調としたドレスに着替え、彼女らしい可愛らしい雰囲気になった。

ファーストダンスが終わると、まずは父王に挨拶をする。もう隣に王妃はいない。シルヴァンによると、ルシールを王宮に呼び寄せようとしたが、断られたらしい。

それを聞いたとき、フェルナンは、いい気味だと思ったものの、自分とて、アネットと結婚しなかったら、父王のように、唯一愛した女性からも見放されるような人生になっていたのかもしれないと、ぞっとしたものだ。

その後は、大臣、大使、軍部の上層部と、身分の高い者から順次、挨拶にやって来る。フェルナンは、今後アネットが軽んじられることがないよう、いかに立派な妃かをアピールすることに重きを置いた。

実際、アネットは〝完璧〟をも超える素晴らしい王太子妃に仕上がっていた。

もともと、彼女が独学で読んでいた歴史書は研究者レベルだったので、本来、妃教育の中で最も時間が割かれる、歴史や各国事情についての授業を省略することができた。

語学や音楽、礼儀作法、王室行事など、各分野における最高の教師をつけたら、アネットは、乾いた砂が水を吸うように知識を吸収していった。それもそのはず、アネットは、せっかくの初任給をも家庭教師代にしようとしていたぐらい、何年間も教育に飢えていたのだから――。

そう思っただけでフェルナンは泣けてきてしまう。

――我ながら、情緒不安定だな。

一通り挨拶が終わったところで、シルヴァンが近づいてきた。

「ようやく結婚までこぎつけて何より。おふたりとも、おめでとう」

不思議なもので、シルヴァンが来ると、とたんに情緒不安定がなくなり、しゃきっとする。

「シルヴァンのおかげだ。ありがとう」

アネットがシルヴァンを見上げた。

「シルヴァン様、本当にありがとうございました」

「やだなー。兄妹みたいなものなのだから、もうシルヴァンって呼び捨てにしてくれよ。アネット、シルヴァンの仲でさ？」

「全く油断も隙もないな」

フェルナンはシルヴァンが近づけないよう、アネットの肩を抱いた。

――これが、俺がしゃきっとせざるを得ない所以《ゆえん》だ。

「シルヴァン様のおかげで実家が存続しました」

「全てフェルナンが決めたことだよ。王太子妃の実家をなくすわけにはいかないからね」

「……こんな実家で情けないです」

――余計なことを！

フェルナンはこうまくしたてる。

「それを言うなら、王家も相当なものだよ。王妃の兄が前王妃を殺していて、さらには王太子をも亡き者にしようとしたんだから。アネットの異母弟は寄宿舎に入れたから、しっかり教育されて立派な子爵になるだろう」

「フェルナン……」

アネットが目をうるうるさせてフェルナンに憧れの眼差しを向けてくる。どうせまた、名君になるとか思っているのだろう。

だが、心が広いのはアネットのほうだ。娘盛りの十四歳から十八歳の間、自分を虐待した義母なんて、この世からいなくなってほしいと言ってくれたら、すぐにでも殺してやったのに――。

アネットの実家の処分に関しては、表向きは国王の決裁になっているが、実のところ、フェルナンが取り仕切った。グランジュ子爵家を存続させないと、アネットに肩身の狭い想いをさせることになるからだ。

クロエはあくまでデルフィーヌの命令に従ってゲルセミウム・エレガンスという植物を育てただけ。異母姉を悪魔憑きだとか言いふらしたのが仇《あだ》になって、悪魔の妹だとデルフィーヌから脅迫されていたので、あながちそれも間違ってはいない。

毒草栽培を命じたデルフィーヌを処刑でなく、幽閉に留めたのは、クロエの罪を軽くするためでもある。そもそも、主犯はエクフィユ侯爵なのだ。

実際、フェルナンの母を毒殺したゲルセミウム・エレガンスの種子の出所はエクフィユ侯爵だという証拠が挙がっている。

とはいえ、ドロテとクロエ母娘を徹底的に不幸にしないと、フェルナンの気が済まなかった。


あれはちょうど一年前の秋のこと——。

クロエの独房に王太子自ら出向き、『アネットの顔を立てるために実家に戻してやる』と告げたら、やつれ切ったクロエの瞳が喜びで輝いた。

アネットを虐待した邸がそんなに好きなのかと怒鳴りたい気持ちを抑えつつ、フェルナンは、にこやかに彼女を近衛兵に引き渡した。

人を絶望させるには、一度、希望を与えることが肝要だからだ。

一週間ほど経ったころ、フェルナンはアネットには内緒でグランジュ子爵邸を訪れた。

十一歳の次期子爵は、ひと月前には学校の寄宿舎に移していたので、子爵邸で暮らしているのはドロテとクロエ母娘だけだ。

——それも今日で終わりだ。

フェルナンは近衛隊長の軍装で子爵邸を訪れた。すると、応接の間《ま》に案内され、紅茶を出される。

——紅茶で殺されかけた俺に、よくもまあ平気で紅茶なんか出せるものだ。

フェルナンはそんな気持ちを抑えつつ、テーブルを挟んで母娘とにこやかに向かい合った。

ドロテは娘を邸に戻してもらえたことに感激しきりで、クロエも神妙な顔で感謝の言を何度も述べている。

『私としては、ふたりそろって処刑したかったんだが、アネットがそれを望まなかったので残念だよ』

ふたりが顔を見合わせ、真っ青になった。

母のドロテがクロエをかばうようなことを言い出す。

『お怒りごもっともですが……エクフィユ侯爵令嬢なんて雲の上のお方にクロエが歯向かえるわけが

ございません』

『その雲上の人に、アネットが悪魔憑きだとか言い聞かせたのが、お嬢さんのクロエのようだが？』

『そういう悪口を言わないと、仲間に入れていただけないような弱小子爵家なのです。どうかお赦しください』

ふたりそろって泣き真似《まね》までし始めた。

――人のせいにして！

『そんな罪はどうでもいい。私が最も赦せないのはアネットを虐待したことだ。アネットは赦しても私は赦すことはない。永遠に』

ふたりとも、王太子が何について憤っているのかが、ようやく理解できたようで愕然としていた。

『十四歳の娘から乳母を引き離した罪、十四歳の娘に食事を与えなかった罪……』

延々と罪を並び立てる予定だったのに、ドロテが遮ってきた。

『お待ちください。王太子殿下は何か誤解していらっしゃいます。うちは生活が苦しくて……。そもそも本当に食事を与えなかったら、今、アネットは生きていないと思われませんか？』

『おまえがそれを言うか？　アネットは恥ずかしいのか、直接語ってくれたことはないが、使用人たちの言ではアネットは毎夜、厨房で残り物を探していたそうじゃないか』

あまりに腹立たしくて、声が震えてしまった。

こんなやつらに感情を見せてたまるものか。あくまで冷静に、淡々と罪を認めさせるのだ。

クロエがドロテに、これ以上何も言わないほうがいいという眼差しを向け、ふたりは黙り込んだ。

『とはいえ、ここがアネットの実家だ。おまえらふたりは修道院行きで我慢してやる。もちろんふたりとも別の修道院で、一生、出ることも誰かと面会することもかなわない。アネットが乳母に会えなかったように、おまえたちは永遠にお互いの姿を見ることもない。悪だくみをしないように、一生誰からの手紙も受け取れない。小さな次期子爵には、ドロテの悪影響を受けてクロエのように育たないよう、愛情をかけて彼を育てる教育係を用意してやる。ありがたく思え』

『そ……そんな。小さなあの子が母親に会えないなんて、あまりにかわいそうでございます』

『どうして血が繋がっている子しか、かわいそうと思えないんだ？　なぜ、その十分の一の愛情でも、親を亡くした十四歳の娘にかけてやれなかったのか。神のみもとで一生反省することだな』

フェルナンは言い終わらないうちに立ち上がって扉をノックした。すると回廊から近衛兵六名が入ってくる。

『では、予定通り、このふたりを修道院に連れていくように』

『はっ！』

六人が同時に答えると、三人ずつに分かれてふたりを捕縛した。

『王太子殿下、どうかお赦しを！』

『せめて準備のお時間をいただけませんでしょうか』

母娘に哀願されたが、余計にむかつくだけだ。

『この期《ご》におよんで修道院でいい暮らしをするつもりか？　そういうところを神のみもとで改めろと言っているんだ』

ふたりには修道院に到着してから、もう一度絶望を味わってもらう予定だ。

フェルナンは修道院に入れるとは言ったが、修道女にするとは言っていない。ふたりは死ぬまで、修道院で使用人として働き続けることになる。

世の中にはそうやって生計を立てている者もいる。だが、貴族として生きてきた彼女らにはとてつもない屈辱になるだろう。それに、ほかの使用人のように給金をもらうことも、外に出る自由もない。

抵抗するふたりを後目《しりめ》に、フェルナンはひとり、その部屋から出て、アネットが使っていたという小さな部屋に入った。

壁の塗装が剥がれているところに、アネットが刺繍したらしき馬が貼ってあった。そしてまた、あのハンカチーフの炎の刺繍のような複雑な紋様も――。

【走死走愛】

ハンカチーフと少し形が違うが、アネットの願いがこもっているような気がして、フェルナンはそれを剥がして、胸ポケットに入れる。

そしてベッドに横たわった。小さすぎて膝から下がはみ出す。

見上げればなんの装飾もない古ぼけた低い天井がある。フェルナンは【走死走愛】が入った胸ポケットに手を置いた。

アネットがこの天井を見ながら抱いた望みが今後、全て叶っていくことを祈りながら——。


「お兄様、ぼうっとして、どうなさったの？」

ソランジュに声をかけられて、ようやくフェルナンは現実の舞踏広間に引き戻される。

「アネットとの今までのことを思い出していたんだ」

「そんなことだろうと思っていましたわ」

ソランジュが呆れたように笑い、口元を扇で覆う。

フェルナンがアネットに目を向けると、ヴァネッサに熱く語っているところだった。

「国家憲兵隊が駆けつけてくださったときのナゼール様の雄姿、ヴァネッサに見せたかったわ〜」

「アネットったら、この話、もう三回目よ」

そう言って笑うヴァネッサの隣で、ポワリエ侯爵家のナゼールが苦笑している。

「あのころは、いつでも出動できるような態勢を取っていたから、ヴァネッサには寂しい想いをさせてしまったな」

「ナゼール様」

ヴァネッサが熱い眼差しでナゼールを見上げると、彼もまた見つめ返す。

そんなふたりを見て、アネットは瞳を輝かせていた。

ナゼールはとても有能な男で、フェルナンが国王になった暁には、頼りになる存在になるだろう。その彼がアネットの親友であるヴァネッサと来月結婚するのだから、これほど心強いものはない。

そもそも、血縁に頼ろうなんていう発想がおかしいのだ。

そのとき、シルヴァンの母ルシールが広間に入ってきて、どよめきが起こった。マンディアルグ公爵邸に移って以来、王宮舞踏会に一度も参加していないので十六年ぶりだ。

ルシールがまっすぐに向かったのは国王のところではなく、フェルナンとアネットのいるところだった。

「王太子殿下、妃殿下、おふたりのご結婚、自分のことのようにうれしく思っております。どうか末永く幸せにお過ごしくださいませ」

ルシールがまぶしそうに目を細めている。

きっと、国王と恋愛していたときと重ね合わせて、我がことのように祝福してくれているのだろう。

「私たちの結婚のために、シルヴァンにご尽力いただき、心から感謝しております」

フェルナンがそう答えると、ルシールは扇を広げ、艶《あで》やかに微笑んだ。

「この子はいつまでもふらふらしていて……いい方がいらしたら、ご紹介いただきたいものですわ」

母親の隣で、シルヴァンが借りてきた猫のようにおとなしくなっていて、フェルナンは笑いそうになる。

すると、ソランジュが一歩前に出て手を左右に広げ、彼女の周りにいる侍女たちを紹介した。

「私の侍女たちは皆、気立てのいい令嬢揃《ぞろ》いですわよ」

アネットが、うんうんと頷いている。

シルヴァンが居心地悪そうな表情になった。

「素敵なご令嬢がいらっしゃっても、まずは私を好きになってくださらないと始まりませんからね」

「そうそう。私は、王女の侍女であるアネットに好いてもらうことができた成功者だから、いつでも相談に乗りますよ」

フェルナンはそう言ってシルヴァンをからかうと、アネットを抱き上げる。

彼女が「キャッ」と驚きの声を発した。

「我々は先に失礼いたしますが、皆様方は、ごゆるりとお楽しみください」

冷やかしと喝采を受けながら、フェルナンはアネットを抱えて舞踏広間から出た。


「ルシール様がいらっしゃったばかりなのに……恥ずかしいわ」

アネットが不満を漏らすと、フェルナンがしたり顔でこう返してくる。

「結婚披露宴というのは、新郎新婦は早めに抜けるのがしきたりなんだよ」

――そういうもの……。

アネットはてっきり、このまま王太子の居室に連れ込まれるものかと思っていたが、「さすがに今日はちゃんとしないと」と、自室に戻された。

自室といっても、侍女のときの居室ではなく、王太子妃の居室で、しかも、王太子の居室と、扉ひとつを隔てて繋がっている。

もちろん、このふたつの居室は元は繋がっていたわけではなく、婚約中にフェルナンが改造したものだ。

待ち構えていたらしき侍女たちにドレスを脱がされ、バスタブに浸《つ》けられる。フェルナンは、舞踏広間を出る時間を決めていたのだろうか、お湯が適温である。

しかも、バスタブから上がったら、侍女たちがものすごい勢いで躰を拭いてくる。恐らく一刻も早くと、フェルナンが事前に指示していたのだろう。

――自分が侍女だったので不思議な感じ……。

侍女に迷惑をかけてはいけないので、アネットは大急ぎで自らネグリジェを身に着けて、ガウンを羽織った。

寝室から寝室へと通じる扉を開けるとき、アネットは今までになくドキドキしてしまう。

それもそのはず、ここ十四ヶ月、キス以上のことをしていないのである。

その間《かん》、フェルナンはエクフィユ侯爵失脚後の政権立て直しに奔走し、アネットは、本来二年三年かけてやるべき妃教育を一年に凝縮して、朝から晩までひたすら講義を受けていたのだ。

なので、この寝室に入ったら、フェルナンが飛びかかってくるぐらいの勢いで来ると身構えていた。

それなのに、寝室には誰もおらず、肩透かしをくらった形だ。

――結婚したことで、ようやく余裕が出たのかしら……。

それはそれで少し寂しい気がするので、人間というのは勝手なものだ。

中央に鎮座するのは、黄金の天蓋が付いた大きなベッドで、アネットは一度だけこのベッドに上がったことがある。これから毎日ここでフェルナンと共寝することになるなんて信じられない。

「きゃ」

フェルナンが後ろから抱きついてきた。

「なぁに……子どもみた……」

と振り向けば唇を重ねられる。肉厚な舌が当たり前のように歯列を割ってきて、アネットの口内に入り込んでくる。舌と舌をぴったりと重ねて吸われれば、ひとつに溶け合っていくようだ。

唇を少し離し、フェルナンが見つめてくる。

半ば閉じた青い瞳は、今は蠟燭の炎を映して妖しげに揺らめく。

アネットの胸は高まる一方だ。

開いたままの唇に、フェルナンが再び舌を差し入れてきて、自身の口内へと舌を誘い出す。しばらく、くちゅくちゅとお互いの口内をむさぼり合った。

フェルナンがくちづけながら、アネットのガウンの袷《あわせ》を左右に広げて脱がした。ガウンがぱさりと床に落ち、彼女がネグリジェ一枚になると、胸をまさぐり、布の上から双つのしこりを探し出す。双つとも同時に指の腹で転がされ、アネットはびくんと反応してしまい、唇が離れた。

「この日のために一年以上、我慢したんだ……今晩は覚悟するように」

「え？」

アネットを抱き上げてベッドに下ろすと、フェルナンは自身のガウンをばっと床に放った。

鍛え抜かれた裸身を見るのは、久々すぎて刺激が強く、アネットは顔を背けてしまう。

「アネットがネグリジェ姿でここにいるなんて信じられないよ」

「私も……んっ」

フェルナンがネグリジェの上から乳房の頂点を口に含む。

「ふぁっ」

もう片方の乳首を指で引っ張られ、思わず声を出してしまった。その後も指でいじられ続け、アネットは何かにすがらずにはいられず、シーツをつかんで腰を浮かせて「あ……あー、ふぁ……んっ」と、声を漏らしてしまう。

双つの乳首を、口と指で愛撫しながら、フェルナンが膝を使って彼女の脚を広げ、両脚の間に割り入ってくる。付き合い始めのときよりも急《せ》いた感じがする。

ネグリジェがめくれあがって股がスースーした。彼のたくましい大腿がアネットの太ももに触れているのが妙に心地よく、気づけばアネットは息を弾ませて快感を逃しながら、彼の脚に脚をこすりつけていた。

ちゅっとフェルナンが唇を外す。

「脚が触れただけで、こんなにも気持ちいいなんてな」

「フェルナンも？　うれしい」

アネットが薄目を開けると、自分を見つめる彼の瞳が劣情を纏い、背筋をぞくぞくさせてしまう。

「もっと……気持ちよくなろうか」

彼が乳暈に噛みついてきた。布地があるので痛みはなく、そこにあるのは快感だけだ。

「んぁ……」

アネットが踵でシーツを突っぱねたところで、ぐちゅりと蜜口に指を沈められる。

「あっ」と、驚きの声を上げ、アネットは足の指先まで全身をぴんと伸ばした。

「もうびしょびしょだ……。アネットも俺に飢えてたんだな」

フェルナンがアネットに知らしめるように、ぐちゅぐちゅと音を立てて指で中をかき混ぜてくる。

その音は、まんまとアネットの官能を高めていく。しかもフェルナンが、あの腹側にある一点で指を止め、そこをぐっぐっと押してくる。

「ひぁ……あっ……フェ……フェルナ……ン……あ……ふ」

「ずっと……この声で呼んでほしかった……」

フェルナンが感極まったように言ってくるものだから、アネットは思わず彼の頭に両手を伸ばし、髪を撫でた。

「アネット……」

と、吐息のような艶めいた声で名を呼び、胸もとから見上げてくる。身長差のせいでいつも見下ろされているので、この角度は新鮮で、なんだか甘えたように見える。

「フェルナン……好き」

「俺のほうがもっと好きだ」

そう言いながらゆっくりと指を抜いてくる。蜜壁をこすられ、それすらも愉悦に変わる。

「あ……ふぁ……あん」

彼に触れられるだけで、どこもかしこもおかしくなってしまう。

「これ以上……もう無理だ」

フェルナンがアネットのネグリジェを片手でずり上げて乳房を露わにし、もう片方の手で太ももをつかんで持ち上げる。

「あぁ！」

次の瞬間、アネットは腹の奥まで、滾ったものでいっぱいにされる。

「あぁ……アネット、おまえの中、温かくて……ずっと入り込みたかった」

動きが止まったことで、彼自身がアネットの中で脈打っているのが伝わってくる。一年以上、渇望してきた彼の情熱を腹の奥に取り込み、アネットはあまりの歓《よろこ》びに全身を震わせた。

「フェルナン……私も……」

アネットは感極まって瞳に涙を滲ませる。

ここに来て気づく。今までは頭の片隅に、婚前なのにという後ろめたさや、もし妊娠したら……という不安があった。これでようやく純粋に彼の情熱だけを感じることができる。

「アネット……今までいろいろ心配をかけた」

まるでアネットの心を読んだかのようにフェルナンが告げてきた。アネットの目もとに、ちゅっとくちづけると半ばまで剛直を抜く。

「あぁん」

アネットはその動きに感じてしまい、背をシーツにこすりつけた。

「少し抜いただけだぞ?」

喜色を含んだ声で言うと、フェルナンが背筋を伸ばして、ぐっと腰を押しつけてくる。片方の脚が持ち上げられているので、いつもより密着感がすごく、彼女は身をよじってしまう。

「気持ちいいんだな……俺もだ」

フェルナンが太い付け根をぐちゅぐちゅと動かし、陰唇をなぶってくる。

「んぅ……ふ……ぁあ……」

アネットが顔を左右に振って悶えると、片手を取られ、指を組み合わせてシーツに固定された。

「俺、もう止まれそうにない」

彼が腰を少し退いては、ずんっと勢いよく奥まで抉ってくる。突かれるたびに、アネットの口から

嬌声が漏れ出す。

抜き差しを繰り返されるたびに、甘い衝動が躰を突き抜けていく。

「あ……ふぁ……も……だめ……だめぇ」

「アネット、ともに達《い》こう」

フェルナンが彼女の背を少し起こし、喘ぐ口をキスで覆った。口内をむさぼりながらも、立ち上がった乳首を指で直にぐりぐりとしてくる。素肌なので、ごつごつした指の感触が直に伝わってきた。

喘いで快感を逃そうにも口が塞がれている。アネットは体内で渦巻く情欲に翻弄されながら、絶頂に向けて追い込まれていく。

「くぅ」

そのとき、フェルナンの何かに耐えるような声が聞こえ、自身の腹の奥を行き来していた漲りがぶるりと震える。アネットはそれを感じ取ると同時に、意識がふわりと浮き上がり、そのまま頭の中が真っ白になった。


ベッドの上で座るフェルナンの肩に、アネットがぐったりともたれかかっている。

フェルナンはすでに吐精していたが、このまま離れたくなくて、抜くに抜けない状態になっていた。

しかも、乳房がフェルナンの胸板にのしかかっていて気持ちがいい。

顔を上向けたままフェルナンは目を閉じる。

媚壁がまだひくついている。

——十四ヶ月……長かった。

アネットに襲いかかりたい衝動を何度こらえたかわからない。ただ、彼女が愛おしすぎて、避妊できる自信が全くなかったので、キスまででなんとか止めるよう戒めてきた。

おかげで妊娠させることもなく新婚生活に突入できた。ここまで耐えてきた甲斐があったというものだ。

「んぅ？」

アネットの寝ぼけたような声がして、フェルナンはアネットをベッドに仰向けに下ろすが、まだ目は閉じたままだった。めくれ上がったままのネグリジェを脱がしたところで、緑の瞳がぱちくりと開く。彼女の唇が弧を描いた。

「フェルナン」

しかも名前を呼んで、手を伸ばしてくるではないか。

手が届くようにフェルナンが屈めば、アネットの細い腕が首に巻きつく。

——まずい……。

彼の下半身が再び臨戦態勢に入り始めた。

——今、したばかりだぞ！

そう諫めるが、言うことを聞いてくれそうにない。

「フェルナン？」

不思議そうに小首を傾《かし》げるなんて、正直、反則ではなかろうか。

――いよいよ滾ってきたじゃないか！

「もう一回、いいよな？」

「いやだわ。覚悟するようにって、最初に言ったのはフェルナ……キャッ」

アネットを抱き起こし、腰にまたがらせる。ふたりの間にはすでに滾った欲望がそそり立っていた。

フェルナンはアネットの耳もとで囁く。

「じゃあ何回でも付き合ってもらうぞ」

アネットが首もとに頬をすりすりとしてきた。胸のふくらみが直に当たっている。

「フェルナンの肌、すべすべしてて……すごく……好き」

さっきの快感が続いているようで、アネットはすでに腰をもぞもぞと動かしている。フェルナンの大腿に新たな蜜がとろりと垂れた。

――こういうのがわかるのも裸ならではだな。

「アネットこそ……どこもかしこもやわらかくて……。これからは、いつだって裸で抱き合える」

「いつも、いっしょね」

アネットが、うれしそうに上目遣いで見てくるものだから、フェルナンは居てもたってもいられず、彼女を持ち上げ、切っ先で入口を塞ぐと、そのまま、ずんっと自身の大腿に落とした。

「あぁっ」

彼女はもう準備できていたようで、フェルナンが突き上げるのに合わせて、腰を押しつけてくる。ふたりがともに高みへと昇るのに時間はかからなかった。

アネットが果てると、フェルナンは彼女をゆっくりとベッドに下ろす。彼女は気持ちよさそうに目を瞑っていた。

――いつまでも見ていられるな。

こうしてアネットが意識を取り戻すのを待っては、彼女を愛撫し……と、その晩、フェルナンはさらに二回もしてしまった。二回で済んだのは、そのあと彼女が朝まで起きなかったからだ。


アネットが目を覚ますと、フェルナンの腕の中に包《くる》まれていた。カーテンの隙間から朝の爽やかな日差しが漏れ、ベッドの中も明るくなっている。

――もう朝!?

アネットが横に目を遣ると、フェルナンの口が「おはよう」と動いた。

「お、おはようございます」

――そういえば、昨晩……四回もしたわ……。

今、ふたりとも何も纏っていない。もしかして朝もする気だろうか。

――でも、さすがに最初の朝はちゃんと侍女に服を着せてもらわないと……。

アネットがベッドの端にあったネグリジェを手に取ろうとしたところ、フェルナンがワイングラスを差し出してきた。

「え？」

「初めての朝に乾杯しよう」

フェルナンが口角を上げているが、作り笑いのようにも見える。

――気のせいよね。

アネットは、上掛けを胸まで引っ張り上げてフェルナンと乾杯し、グラスを傾ける。アルコールが強いのか、喉が焼けるようになり、そんなには飲めなかった。

「あの……お水いただけないかしら？」

「そうだね。起き抜けにワインは余計に喉が渇くよね？」

フェルナンが、グラスに入った水を飲むと、アネットの腰を引き寄せ、口移しでアネットに水を注いだ。そのせいか、アネットは急に、胸がどきどきし始める。

――躰まで熱くなってきちゃった。

「顔が赤くなってきた」

「タルトのときも赤くなっていたんでしょう？　明るいから……恥ずかしいわ」

アネットは両頬を手で押さえた。顔が熱い。

「もう夫婦なんだから、何を恥ずかしがる？　せっかく明るいところでも抱き合えるようになったのに、こんなので隠さないでくれよ」

フェルナンが、アネットの躰から上掛けを剥がすと、自身に引き寄せた。向かい合う姿勢になるのかと思っていたが、彼は子どもを膝に座らせるときのように、同じほうを向くよう下ろした。

とはいえ。ふたりとも大人で、しかも裸である。彼の雄はすでに硬くなっていて、それがちょうど臀部《でんぶ》の割れ目を押し上げるように密着しているからたまらない。

アネットは躰をくねらせ、自ずと「あぁうん」と啼き声のような音を発してしまう。

「朝からこんなに欲しがってもらえるなんてね」

フェルナンに耳もとで囁かれただけで、甘い痺れに全身を震わせた。

「ん……欲し……」

言いかけてアネットは驚く。四回もしたばかりなのに、どうして自ら求めるようなことになっているのかと――。

――もしかして……ワインのせい？

「楽にしてやろうか？」

フェルナンが背後から手を回して、乳房を持ち上げるようにして揉みしだき、もう片方の手で蜜芽を指の腹で転がしてくる。

――熱い……体中が燃えるよう……これって……あのときと……同じ？

「あ……ぁあうん……ぁ……はぁ」

アネットが躰をびくびくさせていると、フェルナンが太ももをつかんで広げ、脚の付け根に手を伸ばす。長い中指を秘裂に食い込ませて手を上下させてくる。

そこはすでに濡れそぼっており、ぬちぬちと淫猥な音が立った。

「気持ちいぃ……もっとぉ」

「アネット、躰に花が咲いたみたいできれいだよ。ほら、壁のほうを見てごらん」

少し離れた壁には鏡があり、フェルナンの膝に腰を下ろし、躰をまだら状に赤く染めている全裸の自分が映っていた。しかも、左右に広げた脚の中心を手で撫で上げられている。

――嘘――！

向かい合うように座らせなかったのは――そういうことだ。

アネットは慌てて太ももを閉じようとしたが、逆に膝を持ち上げられ、余計に秘所が見えやすくなってしまう。

「や……見ないで」

アネットは見ていられなくて鏡から目を反らした。

「いやだ。ずっと見ていたい」

フェルナンが罰するようにアネットの耳を噛んでくる。

「んふぅ……」

そんな接触も、まんまと快感に変わってしまう。

フェルナンが二本の指で花弁を広げ、その中心に、もう片方の手の中指を沈め、くちゅくちゅと掻《か》き回してくる。

「あっ……ぁっ……あぁ」

「ここ、ピンク色できれいだよ。アネットも見たらいいのに」

「そんなところ……絶対に見ない」

アネットは目を瞑るが、自分の中を蠢《うごめ》く指の動きと、ぐちゅくちゅという水音が余計に意識され、彼の胸板に頭をこすりつけてしまう。

「なら、俺だけを見ていろ」

フェルナンが後ろに下がることで、アネットが前に倒れた。彼はすかさず彼女の腹を持ち上げる。

アネットは気づけば猫が伸びをするような体勢になっていた。

アネットが薄目を開けると、鏡には、四つん這《ば》いのアネットの背後で膝立ちになったフェルナンのたくましい上半身が映っている。

そして、欲情して双眸を細めるフェルナンの顔も――。

そんな彼が双丘を左右に引き離すように臀部を撫でてくる。

アネットは、甘やかな官能に体中を支配され、気づけばねだるように尻を掲げていた。

「欲しそうだな」

鏡の中で彼の瞳が野性を帯び、アネットはいよいよ昂ってしまう。

そんな表情をしておいて、フェルナンは挿入することなく、反り上がった竿《さお》を花芯の溝にこすりつけてくる。

しかも、片方の手を胸まで伸ばし、指間に乳首を挟むと、自重でいつもより張り出した乳房を持ち上げるように揉んでくる。

そのたびに乳首が指でこすられ、とてつもない愉悦が生まれる。

彼が、そうしながらも、もう片方の手で秘芽をさすり始めるではないか。

「あっ……こんな……おかしぃ……わた……し……じゃなくな……あっあっあっ……」

アネットはもう顔を上げて鏡を見ることすらできず、ベッドに頬をつけ、ひっかくようにシーツをぐしゃぐしゃにしていた。開けっ放しの口から垂れた滴りがシーツを濡らしていく。

「あぁ……アネット、こんなにも俺を求めてくれるんだな……」

少し苦しげな掠《かす》れた声で囁かれ、アネットがいよいよ高みに昇りそうになったところで、指が外され、代わりに猛ったものをずんっと押し込まれた。

「嘘……深っ……」

こんな角度が初めてなせいだろうか、いつもより奥まで彼でいっぱいになったような気がした。

「アネッ……そんなに締めて……」

フェルナンがゆっくりと腰を退き、再びぶつけてくる。

「あぁ！」

フェルナンがアネットの腹に手を置いた。

「アネット、この奥に、俺が入り込んでいるなんて嘘みたいだ……」

そう言ってフェルナンが背にくちづけを落としてくるものだから、アネットは熱に浮かされたようになる。

「フェル……ナ……好き……好きぃ」

「俺もだ。アネット……愛している」

剛直が外れそうになるぐらい退くと、フェルナンが角度を変えて蜜壁のある一点を穿ってくる。

「ああ！　嘘……ここ……だめ……」

そこはいつもフェルナンが必ず指先で押さえてくる、アネットが特に感じてしまうところだ。彼が腰を前後させて何度もそこを突いてくる。

彼女は、ただでさえあまりの快感に朦朧としているというのに、いよいよ何も考えられなくなっていく。

ただ、口から嬌声をもらし、彼の律動に合わせて躰を前後に揺らすことしかできない。

「アネット……そろそろだな」

フェルナンが再び最奥を抉ってきたそのとき、アネットは「あぁー」と小さく叫んで、どこかに昇っていく。そのまま、ふわふわと空に浮かぶような心地で微睡《まどろ》んでいた。

「アネット」

とてつもなく優しい声に耳をくすぐられ、アネットが目を開けると、フェルナンの躰の上でうつぶせになっていた。

フェルナンに、指で梳《す》くように髪を撫でられただけで、アネットは再び、ぞくぞくと官能に侵され始める。

——昨晩、あんなにしたのに、どうして朝もこんなことに……。

そのとき急に、侍女たちの顔が頭に浮かんだ。

「フェルナン……さっき、私が隣の部屋に戻りそうになったから、ワインを飲ませたんでしょう？」

フェルナンが半眼になる。

「……ばれたか。でも、アルコールだと自分の気持ちを出せるって前言っていたが、それだけじゃなくて、より感じやすくなるんじゃないか？」

実はアネットもそう思っていた。だが、酒乱なんて認めたくない。

——大体、アルコールを使うなんて姑息なのよ。

アネットは彼の顔を両手でぎゅっと挟んだ。

「フェルナンとなら、お酒なんか必要ないんだから！」

フェルナンが、しばらくぽかんとしたあと、ニッと口の端を上げる。

「だから、俺、アネットのこと大好きなんだ」

フェルナンがアネットを抱き上げ、深くくちづけてきた。

「んっ……むぅ……」

結局、こうなる――。

エピローグ

結婚して二日間は、十四ヶ月の禁欲を埋めるかのように、フェルナンは寝室から一歩も出ずに、アネットとベッドで睦み合った。正直、フェルナンとしてはあと一週間でもベッドの上だけで過ごしたいぐらいなのだが、人目《ひとめ》もある。三日目ともなると、さすがに出かけることにした。

それに、彼には叶えたいアネットの夢があった。

——あれは結婚する前月のことだったろうか。

王太子暗殺未遂事件が解決してから結婚するまでの間、フェルナンは、アネットを妊娠させることのないよう、陽が明るいうちしか彼女の居室を訪れないようにしていた。

あれは、閣議の前に少し時間が空いて、すかさずアネットに会いに行ったときのことだ。

侍女にフェルナンの訪問を告げないように言って部屋に入ると、アネットは長椅子に座って彼の長上衣《ジュストコール》に金糸で刺繍をしていた。彼女の表情は真剣そのものである。

フェルナンがすでに開いているドアをノックすると、アネットが幸せそうな笑みを向けてきた。

これだけで襲いたい衝動に駆られるが、来月には結婚するのだからと、フェルナンは自分の欲望を抑えつけた。ここ一年、彼女と会うたびに、この葛藤と戦っている。

アネットの脇にあるテーブルには、結婚式用の長上衣があり、フェルナンはそれを手に取った。

『これ、もう刺繍終わったんだ?』

『ええ。今は舞踏会のほうの衣装を縫っているの』

アネットたっての願いで、この二着の腰から裾にかけて中央に入っているスリット部分に彼女が刺繍をすることになっている。

あまりの巧みさに感心しながら、フェルナンは刺繍をじっと見つめる。不思議な紋様だ。

——どこかで見た覚えが……。

そのとき急に、ハンカチーフのドラゴンの炎が思い出された。炎は赤で、これは黄金なので印象は全く異なるが、四つに分割すると同じ紋様ではないだろうか。

『アネット、あのハンカチーフの炎、ソランジュが呪文みたいだと言っていたんだが……これ、同じ紋様なんじゃないのか?』

意外にも、アネットの頬が急に赤くなった。

『ソランジュ様にもお見せになったの?』

フェルナンは彼女の隣に腰を下ろした。

『ああ。あまりに巧みで……しかも王家の紋章だったから』

『あ、あれは……愛羅武勇……愛しているって意味の呪文なの。王家の紋章にそんな気持ちを入れてごめんなさい！』

フェルナンの頭に稲妻が走った。

『……あのハンカチーフをくれたのは……まだキスだってしてないときじゃないか』

『早々に王太子様に懸想して、すみません！』

『アネット、俺たちは、あのときからもう相思相愛だったんだな』

『相思相愛？』

アネットがその言葉に反応した。

『今、縫っているこれ……』

アネットが差し出してきた長上衣の腰から裾の部分を見て、フェルナンは、あることに気づいた。

彼女の部屋の壁に貼ってあった呪文のような紋様【走死走愛】と同じ形をしている。

『これも何か意味がこめられているんだろう？』

『実は……これ、いつか相思相愛の相手と馬に乗って遠出したいっていう願望をこめた紋様なの』

——そんな些細《ささい》な夢を壁に貼っていたのか！

道理で、この紋様の周りに馬の刺繍も貼ってあったわけだ。

フェルナンは思わず彼女の手を取って見つめる。

『結婚したら、馬に乗って、ふたりだけでピクニックに出かけよう。俺はアネットの夢を全部叶えたいんだ。ほかにも何かあったら言ってくれ』

『あ、ありがとう。でも、もう叶えてくれたわ。以前、遠出したでしょう？　渓谷は見事な美しさだったし、思い出の小屋まで見せてくれて……すごくうれしかった』

アネットにとって、いい思い出になっていて何よりだが、盛り上がってうっかり中出ししたことで、自分をコントロールできる自信を失うきっかけともなった。

——あのとき妊娠させていたら、今ごろどうなっていたことか……。

軽はずみな自身の行動を思い出しては、ぞっとしている。

とはいえ今だって同じだ。このままキスでもしようものなら、気づいたら押し倒しているに違いない。

フェルナンは唇にキスをするのを我慢し、頬にちゅっと軽くくちづけると、ものすごい勢いで立ち上がって距離を置き、ほっと息をついた。

——今日もなんとか無事、離れられた……。


ようやく遠乗りの約束を叶えるときが来た。結婚三日目、フェルナンはアネットをピクニックに連れ出す。もちろん馬に乗ってふたり並んでの遠出だ。

行先は高台にある狩猟館である。

アネットが馬を飛ばすのが好きなので、早馬のような速度で並走することになり、狩りのとき二時間以上かかる道程が、一時間半で着いた。

館で過ごす時間が増えて何よりだ。

アネットが馬から降りて館を見上げ、感嘆の声を上げた。

「すごく素敵！　白くて、なんだか愛らしいわ」

三階建ての平たい屋根の四隅に高い塔がそびえていて、お伽話《とぎばなし》の挿絵のような趣きがある館だ。

フェルナンは彼女の肩を抱く。

「この屋上から見える景色がまた素晴らしいんだ。そこでピクニックをしよう」

「屋上で？」

アネットが意外そうに目をぱちくりとさせた。正直可愛い。めちゃくちゃ可愛い。

「外の緑の上で、といきたいところだが、そうなると、獣がやって来るからね」

「狩猟する獲物がいるから、ここに狩猟館があるわけね！」

そんな会話をしているうちに、屋上に着いた。

「本当に絶景だわ！」

アネットが再び感嘆の声を上げ、白い欄干《らんかん》に手を置いて、目をきらきらさせている。

それもそのはず、眼下には紅、オレンジ、緑が入りまじった美しい木々に囲まれた湖があり、湖面には紅葉した山が映りこんでいるのだから。

「アネットに見せたかったわけがわかるだろう？」

「フェルナン、ありがとう」

と、アネットが抱きついてくる。

目の前には雲ひとつない青々とした空が広がっていた。

当たり前といえば当たり前の風景なのに、フェルナンはなぜか感極まり、熱いものが喉元からせり上がってきた。

——あぁ、世界って……こんなにも美しかったんだなぁ。

あとがき

あれは今年の一月のことじゃった……。

YouTubeの『ナックルズTV』というチャンネルで、元女暴走族《レディース》総長のインタビューを観《み》て、私の中でレディースのイメージがひっくり返りました。『女族』元総長かおりさんは優しげできれいな女性で、この方が一九九〇年代初めのころ、胸にさらしを巻いて特攻服を羽織り、睨みをきかせていたなんて、誰が想像するでしょう？

そう、私はギャップに弱い女……。

かおりさんを入口として、レディースについて、いろいろ読んだり、観たりしていくうちに、彼女たちは特別な人じゃなくて、いつの世にもいる十代の少女だったんだな、と思うようになりました。

どこにも居場所がないと感じる十代は、どの時代にだっているわけで、当時、レディースという集団は、そのひとつの受け皿でもありました。私が一番好きなエピソードは、中学もろくに行っていない子が、レディースに入ったことで、漢字を覚えたり、挨拶ができるようになったりしたという話で、これは今回の小説にも活《い》かさせていただきました。

ちなみに『ナックルズTV』のインタビュアーは、『ティーンズロード』というレディース雑誌の三代目編集長だったのですが、同雑誌の立ち上げ編集長である比嘉健二《ひがけんじ》氏は七月に、ノンフィクション『特攻服少女と1825日』（小学館）を上梓《じょうし》されていて、かおりさんの自伝本『「いつ死んでもいい」本気《マジ》で思ってた…』（大洋図書）も同日発売されたので、今、かなりキテるのではないでしょうか!?

以上、おたくの早口で読んでいただけましたか？　そうです。私、ハマりすぎちゃって、最初、王女ソランジュが前世、『姫女帝国』の総長で、有紗（アネット）を追って転生してきたという原稿を出して、恋愛ものなんで、ということで、そのエピソードを削除することになりました。確かにこれだと友情メイン！　暴走しがちな私を止めてくれる編集様、いつもありがとうございます。

裏設定としてソランジュは総長だと思って読んでいただくのもありかと！（ありなのか!?）

そしてヒーロー……相変わらず私が書くと残念風味……ですが、ウエハラ蜂先生の、切れ者&超絶美形な顔を見たら、そこにギャップが生まれますよねっ！（気迫！）　元ヤンヒロインもこんなに可愛く描いていただいたおかげで素敵なカップルに……ありがたや、ありがたや！

では、皆様、またお会いできることがあれば幸いです。

藍井　恵

ガブリエラブックスをお買い上げいただきありがとうございます。
藍井 恵先生・ウエハラ蜂先生へのファンレターはこちらへお送りください。

〒110-0016 東京都台東区台東4-27-5（株）メディアソフト
ガブリエラブックス編集部気付 藍井 恵先生／ウエハラ蜂先生 宛

gabriella books

MGB-102

女嫌いなはずのカリスマ王太子が、元ヤン転生令嬢の私に執着溺愛してきます！

2023年12月15日 第1刷発行

著　者　藍井《あいい》 恵《めぐみ》

装　画　ウエハラ蜂《はち》

発行人　日向晶

発　行　株式会社メディアソフト
〒110-0016
東京都台東区台東4-27-5
TEL：03-5688-7559 FAX：03-5688-3512
https://www.media-soft.biz/

発　売　株式会社三交社
〒110-0015
東京都台東区東上野1-7-15
ヒューリック東上野一丁目ビル３階
TEL：03-5826-4424 FAX：03-5826-4425
https://www.sanko-sha.com/

印　刷　中央精版印刷株式会社

フォーマットデザイン　小石川ふに（deconeco）

装　丁　齊藤陽子（CoCo.Design）

ISBN 978-4-8155-4328-0